ドラキュラのひげをつけた魔女《まじょ》

椙立悦子／作・絵

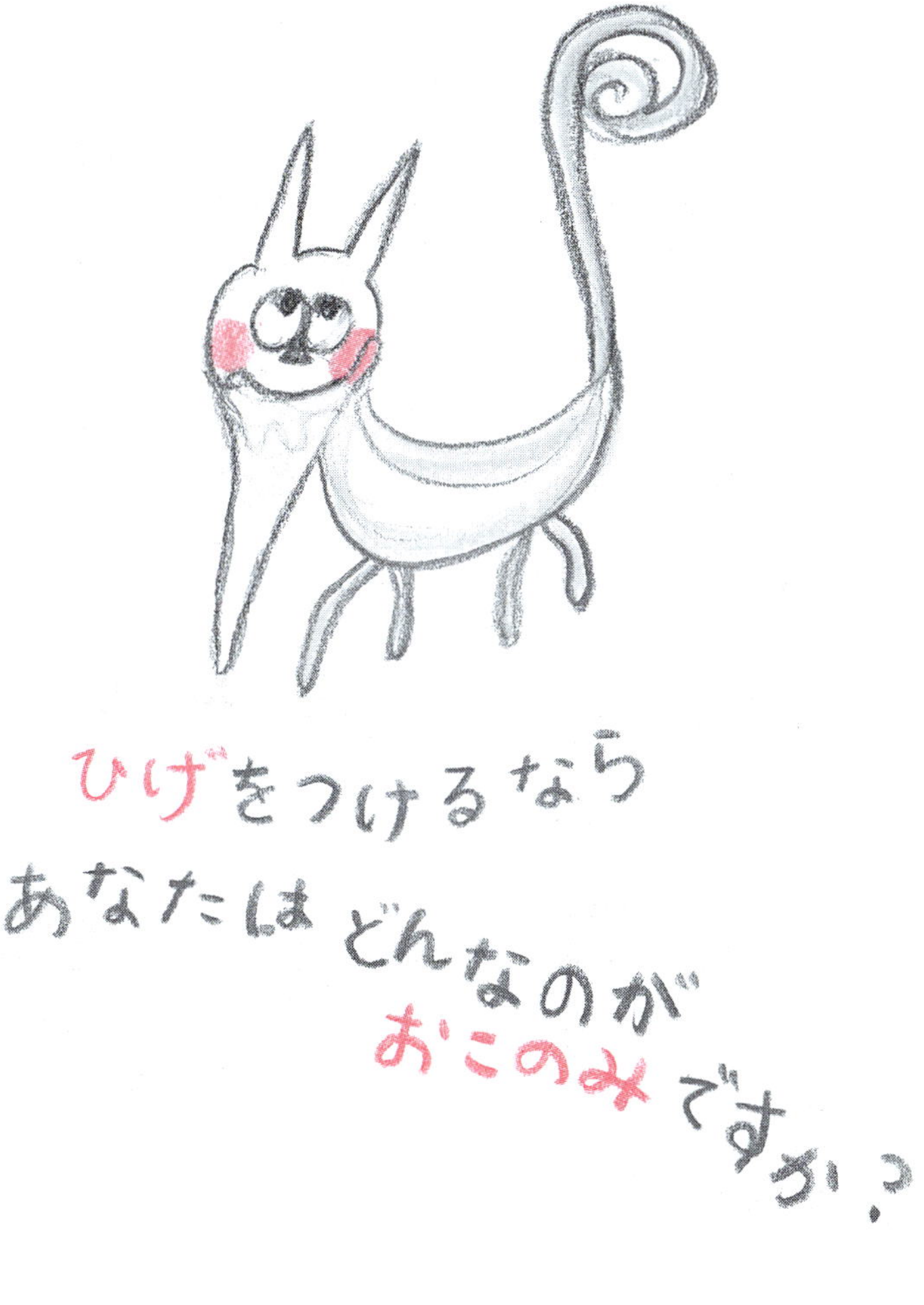
ひげをつけるなら
あなたはどんなのが
おこのみですか？

無限の想像の広がり

―砂丘の彼方に夢がある―

松丸　数夫

砂丘のまん中に口をあけた壜があって毎日1粒ずつ砂が落ちるようになっている。砂丘の砂が残らずビンの中に入るのは何年かかるだろうか。こんな途方もない努力をしている人がいる。童話「魔女シリーズ」の著者、椙立悦子さんである。努力には苦痛と疲労が伴うわけだが、筆者は呼吸と排泄をくり返すようにすっきりした気分で次々作品を世におくり出している。ある日この砂をひとつかみずつ入れたらどうだろうと考えた。筆者には尋ねなかったが多分こんな返事がかえるだろうと想像した。

心拍数は人により異なるが、いざ拍動が始まると途中で止まることは一度もない。この活動を指令するのは人間でもコンピューターでもない、とすると何かの魔法の力という事になる。

町の人形屋さんの店先にひげのないだるまが五つ並んでいる。ほこりをかぶり愛想づかしをくらっただるまがひげをつけたとたん周囲が驚嘆するほどのパワーを発揮する。

この不可思議な現象を人は「魔力」と呼ぶ。魔力こそは限られた人への宇宙からの贈りものに違いない。だが限られた人とは誰か、限られた人を誰が選ぶか膳問答のように果てしない課題である。

物語の発端は「ナマズ魔女」との邂逅、魔女家千代の家系の一人、グランドマザーの孫スミーさんの大発見。ひげの中で作られた「魔法の水」が次々に謎が謎を呼びいつのまにか読み手を異次元の世界へ誘ってしまう話である。それにしてもスミーさんが魔女エッちゃんに預けた「ヒゲセット」とそこに印されたアルファベットのL.W.C.M.D.H.Mとは何か、奇怪でスリリングな展開に読者は一瞬唖然とするだろう。更に読み進めて行くと意外や意外いつのまにか文豪芥川龍之介が入りこんでいる。更に驚きはセルバンテスのドンキホーティの出現、人間の想像力の広がりは何とも楽しく嬉しくなる。私はこの物語を読み大事な教訓を二つ得た。一つは「何故」の飽くなき追求、もう一つは「世の中にはしかたのないことだってあるのだ」という自然観、砂の一つぶ一つぶは極めて小さい。何百億万年前はこの砂も宇宙の星として塊りであった。そしていつか四散分裂して小さな砂になった。その砂にうまれたのが人間、宇宙にとって四散分裂は仕方のない事だったかも知れない。楊立さんは今日も又砂の一つぶの仕事を続けている。

エッちゃんの兄こと　松丸数夫氏

もくじ

◆　無限の想像のひろがり　松丸数夫

100
100
100
100

♠ プロローグ

町のはずれに、小さな人形屋さんがありました。お店のたなには、張り子のダルマさんが五つならんでいるだけです。

このダルマは、三年前からひとつも売れません。なぜかというと、ころんでもおきあがれないからです。

えんぎもののダルマとしては、おきあがれないものは価値《かち》がありません。お客さんは、

「なさけないったらありゃしない。」

といって、お店から出ていきました。

　あるばん、お店のご主人は、

「おまえたちは、なぜおきあがれないんだ。ころんだままじゃ、お客さんは買ってくれない。どうやら、店をしめる時がきたようだ。」

と、かなしそうにいいました。

　それを聞いていた五つのダルマは、とつぜん、青ざめました。

「わしたちが、一ばんおそれていたことが、とうとうやってきた。」

ダルマのおじいさんが、がたがたふるえていいました。

「ええ、いつかはくると思っていました。しかたありません。今まで、もったのがふしぎなくらいです。」

ダルマのおばあさんが、おだやかにいいました。

「ぼくたち、どうなってしまうの？」

子どものダルマが、心ぱいそうにたずねました。

「うーん…、そうだな。おそらく、ごみばこにすてられるにちがいない。」

ダルマのお父《とう》さんが、おでこにふかいしわを三ぼんよせていいました。

「そんなのいやだ。」

子どものダルマが、なきだしそうな顔でいいました。すると、ダルマのお母《かあ》さんは、

「だけど、おきあがれないダルマは、だれもあいてにしてくれない。かなしいけれど、わたした

ちはごみどうぜんなのよ。」

と、うつむいていいました。

「ぼくたちはごみじゃない！　だって、毎ばんおきあがる練習《れんしゅう》をしてるじゃないか。」

子どものダルマが、さけびました。

その時、バランスをうしなってうしろにたおれました。子どものダルマは、あおむけになったままゆらゆらゆれていました。

「たすけて！」

子どものダルマは、さけびました。

お父《とう》さんとお母《かあ》さんが、せなかをおすと、ようやくおきあがりました。

「あのね、いくら練習《れんしゅう》しても、自分《じぶん》でおきあがることができなければだめ。人間たちにとっては用なし。しょせんは、おはらいばこなのよ。」

ダルマのお母《かあ》さんが、かなしそうにいいました。

「ダルマは、えんぎもののがんぐ。『七ころび八おき』ってことわざがあるくらいなんだ。」

ダルマのお父《とう》さんが、いいました。

「七ころび八おき？」

「これは、七回ころんでも、八回目におきあがればいいということ。いくどしっぱいしても、さいごにせいこうすればいいのだから、しりごみせず、何ごともやってみようという意味《いみ》さ。でも、わしたちは、『七ころびおきあがれず』だ。こんななさけないダルマを、だれが買っていくだろう？」

ダルマのお父《とう》さんが、ひとことひとことを、かみしめるようにいいました。

「……。」

子どものダルマは、だまってしまいました。

次の朝、お店をのぞいた男の子が、とつぜん大声をあげました。

「ママ、ダルマにひげがないよ！」

「ほんと！　何かへんだと思っていたのよ。」

お母《かあ》さんはわらっていいました。

これを聞いたお店のご主人は、はっとしました。

「わしは長い間、このダルマたちに、ひげをかくのをわすれていた。すてる前に、かいてあげよう。」

といってふでをとりだすと、五つのダルマにひげをいれました。

「なんだか、お前たちがりっぱに見える。」

ご主人は、うっとりダルマをながめました。その時です。ふでがころころころがって、五つのダルマが、みないっせいにたおれました。

ダルマたちは、あおむけになったままゆらゆらゆれています。

「いつもとおんなじだな。」

ご主人はつぶやきました。

いくどとなく、見なれたこうけいです。ところが、次のしゅん間、きせきはおこりました。

「お、おきあがった！　お前たち、すごいじゃないか。」

ご主人は、目を白黒させていいました。

テーブルの上には、五つのダルマがしっかり立っていました。ひげをつけたダルマたちは、じしんまんのひょうじょうをしていました。

五つのダルマたちは、とうとうおきあがることができました。でも、ふしぎな話です。どんなに練習《れんしゅう》してもだめだったのに、ひげをつけただけで、なぜ、おきあがることができたのでしょう？

それは、ひげに、『魔法《まほう》のくすり』が入っていたからです。くすりの正体は、『おきあがりパワー』でした。

ひげの中には、『パワー全開工場』があり、むげんにおきあがりパワーをつくりだしていたのです。

五つのダルマは、その日、すぐに、五人のお客さんに買われていきました。今ごろ、君の家のとこのまにすわっているかもしれません。

1　チャームポイントは　げじげじまゆ

あるところに、ひとりの魔女《まじょ》がすんでいました。

「わし鼻《ばな》のこわーい魔女《まじょ》かって？」

とんでもございません。わし鼻《ばな》どころか鼻《はな》ぺちゃの、それはかわいい魔女《まじょ》でした。

かわいいといっても、顔はほどほど、十人なみ。こしまでのびたくり色のかみに、まるでけむしのようにりっぱなまゆが、チャームポイントでした。

きっと、みなさんは、目を白黒させていうことでしょう。

「えっ、けむしのようなげじげじまゆが、かわいい？　それって、ちょっとちがうんじゃないかなあ。」

みなさんの、おっしゃるとおり。もしかしたら、かわいいというよりはあいきょうがあるといった方が、ぴったりのひょうげんだったかもしれません。

この魔女《まじょ》の名前は、『まじょエッコ』といいました。魔女《まじょ》の世界に、姓《せい》はありません。『エッコ』は本当でしたが、まじょは人間界《にんげんかい》についた時、初めてつけられたものでした。

「まじめな性格《せいかく》だから、そうつけたの？」

いいえ、まったくちがいます。わけなんて、これっぽっちもありません。

ただたんに、まじょのよを大きくしただけのことでした。でも、そのおかげで、頭のかたい大人《おとな》たちには、ほんものの魔女《まじょ》だということがばれずにいました。


エッちゃんのしごとは、なな、なんと！　小学校の先生。先生になれば、毎日、大すきな子どもたちといっしょにいられると思ったのです。

とんとんとーんとことがすすみ、うまいぐあいにゆめがかないました。ねんがんの先生になれたのです。

子どもたちは、エッちゃんを、あいしょうで『魔女先生《まじょ》』とよびました。魔女《まじょ》は、どんなにしあわせだったことでしょう。シャンシャン！　となれば、このものがたりも、これでおしまい。

ところがどっこい、このものがたりはおわりません。これからはじまるのです。

そう、エッちゃんは先生になったものの、毎日がとまどいのれんぞくでした。だって、さっきまでわらっていた子どもが、とつぜんなきだしたり、おこっていた子どもが、とつぜんけら

けらとわらいだしたりと、わけのわからない行動をとるのです。エッちゃんは、

（いったい、何を考えているのかしら？　わたし、子どもの心がわかるほんとうの先生になりたい。）

と、思いました。

ふるさとのトンカラ山から人間界《にんげんかい》にでてきて、今年で六年目。一人前《いちにんまえ》の魔女《まじょ》になるためには、まだまだ時間がかかりそうです。これは、あわてんぼうで、毎日、しっぱいばかりしているどじな魔女《まじょ》のお話です。

「ニャーン、ニャーン、ニャーン！」

ごめんなさい。だいじな一ぴきをわすれていました。

エッちゃんには、すてきなあいぼうがいました。『ジン』という名の、ちょっとうるさい白ねこです。

「ギャギャ、ギャオーン！」

ごめんなさい。しょうかいを、まちがえました。

エッちゃんには、すてきなあいぼうがいました。『ジン』という名の、それはたよりになる白ねこです。

「ゴロゴロゴロ。」

魔女《まじょ》先生がかよう小学校の校庭は、イチョウのはがまいちり、まるで金色のじゅうたんをしきつめたようにあざやかでした。夕方になると、カラスのつがいがやってきてけっこんしきをあげました。

2　とめさんとみかん

おきわすれられたランドセル

「魔女《まじょ》先生、さようなら。」

しょうへい君は帰りのあいさつがおわると
すぐに教室をとびだしていきました。

あんまりあわてていたので、ランドセルをかついでいません。

は、さびしそうに、つくえにのっていました。

「しょうへい君、ランドセル。」

魔女《まじょ》先生はあわててろう下にでると、大きな声をはりあげました。でも、しょうへい君の耳にはとどきませんでした。

「ただいま!」

げんかんの戸をあけた時、お母《かあ》さんは、すぐに気づいていいました。

「おかえり!　しょうへい、早かったわね。ところで、ランドセルはどうしたの?」

「あっ、わすれてた!」

というなり、しょうへい君はまた学校へむかってはしりだしました。

「しょうへい、気をつけるのよ。」

というお母《かあ》さんの声を、小さなせなかで聞きました。

学校は目と鼻《はな》の先です。家の前の道をダッシュすると、すぐに大きなたてものが見えてきました。

頭の上で、カラスがカーカーなきながら、ついてきました。しょうへい君は、とつぜん立ちどまって空を見上げると、

「カーキチ、ぼくは、今日《きょう》、とってもいそがしいんだ。わるいけど、君とあそんでるひまはない。また、明日《あした》きてくれ。」

と、大声でさけびました。

カーキチというのは、学校にくるカラスでした。二年前のほうかご、けやきの木にのぼっているうち、いつのまにか、お友だちになったのです。

しょうへい君は、わすれものをするたびにとりにもどりました。ふつうだったら一日に一ど

ですむところを、二ども学校の門をくぐりました。

「せっかく学校にきたのに、すぐに帰ってしまうのはもったいない。」

といって、あそんで帰りました。

しょうへい君は、高いところが大すきだったので、いつしか木のぼりがにっかになりました。

入学してから毎日がこんなちょうしでしたから、カーキチもしょうへい君のことをおぼえたのです。二人《ふたり》の間に友じょうがめばえたとしても、ふしぎはありませんでした。

そのしょうへい君が、カーキチのさそいをことわったのです。

(今日《きょう》は、きっと何かあるにちがいない。)

カーキチは、すぐに思いました。


「ただいま、お母《かあ》ちゃん。えへへっ、今《こん》どはかついできたよ。」

しょうへい君は、いきをはずませていいました。

「しょうへい、早かったわね。今《こん》どは、ごうかくよ。」

お母《かあ》さんは、にこにこしていいました。すると、りよちゃんも、

「お兄《にい》ちゃん、ごうかくごうかく!」

と、手をたたいてよろこびました。

「お兄《にい》ちゃん、早くしたくしてね!　おはかでとめさんが首を長くしてまってる。あんまりおそいとまちくたびれて、ねむっちゃうかもしれないわ。」

まいちゃんが、せきたてていいました。すると、今《こん》どはりよちゃんが、

「お兄《にい》ちゃん、早く早く!」

と、まねるようにいいました。

「今日《きょう》は、とめさんの命日《めいにち》。子どもたちのすがたを見て大よろこびするだろうな。」

おばあちゃんが、せんこうとろうそくをつつみながらいいました。

「ばあちゃん、とめさんてだれだっけ？」

しょうへい君がたずねると、おばあちゃんはまってましたとばかりに、

「とめさんというのは、この家のごせんぞさまさ。くわしくいうと、しょう君のお父《とう》さんの、お父《とう》さんの、お父《とう》さんの、そのまたお母《かあ》さんにあたる人なんだよ。」

と、ゆびをおりながらせつめいしました。

「うれしいな、お父《とう》さんとお母《かあ》さんが、４人もいる！」

まいちゃんが、目をきらきらさせていいました。

「ぼくのお父《とう》さんのお父《とう》さんはじいちゃんでしょ。そこまではわかるんだけど、あとは何だかよくわからない。」

「さすが、しょう君は頭がいい！　じいちゃんまでわかればじゅうぶん。だってな、そのあとの人はもうここにはいないんだ。」

おばあちゃんは、ちょっぴりさびしそうな顔をしました。

「どこに行っちゃったの？」

りょちゃんがたずねました。

「天国にいっちゃったんだよ。」

「わたしも行きたいな。天国に行って、会ってみたい。」

りよちゃんが、ひとみをかがやかせていいました。

「だめだよ。りよ！　天国は、一ど行ったらもどれない。お父《とう》ちゃんやお母《かあ》ちゃんにも、会えなくなる。子どもが行くところじゃないんだ。」

しょうへい君は、いぜん、お母《かあ》さんから聞いたことばを思いだしていいました。

「そんなのいや！」

りよちゃんはなみだ声でいうと、お母《かあ》さんにだきつきました。

「そうよ、しょうへいのいうとおり。天国は子どもがあそびに行くところじゃない。死《し》んだ人だけが行けるらくえんなの。りよは行っちゃだめよ。おはかまいりに行けば、いつだって、ごせんぞさまに会えるじゃない。」

お母《かあ》さんは、りよちゃんをだきしめると、せなかをやさしくなでていいました。

　すると、とつぜん、まいちゃんがお母《かあ》さんのせなかにだきついていいました。

「わたしもお母《かあ》さんのおひざがいい。」

「おやおや、二人《ふたり》ともあまえんぼうさんね。あかんぼうにもどったみたいだわ。」

お母《かあ》さんがためいきまじりでいった時、外でおばあちゃんの声がしました。

「さあて、じゅんびはできたかい？　そろそろ行くとしよう。」

「おはかで、とめさんが首を長くしてまってるんだ。あんまりおそいと、おいていっちゃうぞ。」

しょうへい君は、くつをはいてとびだしました。

「お兄ちゃん、まって！」

「りよも行く。」

まいちゃんとりよちゃんもあわてて、とびだしました。

「さあて、ついた！」

お母《かあ》さんが車をとめると、三人の子どもたちは、みかんをにぎりしめ、おはかにむかってかけだしました。何どもきているので、自分《じぶん》の家のおはかくらいはわかります。

「ころばないようにね。」

お母《かあ》さんとおばあちゃんは、ゆっくりとかいだんをのぼりました。その時、お母《かあ》さんは、

（しまった！　あのようかんが、そのままのこっていたらどうしよう。）

と思いました。

　ちょうど、一週間前のおひがんに、かぞくみんなでおはかまいりにきました。その時、子どもたちは、ひとくちようかんをひとつずつおそなえして、

「のんのさま、あまーいものすき？」

「りよ、ようかんもってきたよ。」

「みんなで食べてくださいね。ぼくも大こうぶつなんだ。」

っていいながらおまいりしたのです。

「だけど、もしもきらいだったら、どうしよう。のんのさま、かわいそう。」

りよちゃんが、あんまり心ぱいそうにいうので、お母《かあ》さんは、

「大じょうぶ。のんのさまは、ようかんが大すき。きっと、おいしいおいしいって食べるよ。」

と、こたえたのを思いだしたのです。

　とつぜん、お母《かあ》さんのひたいから、油あせがふきだしました。

（どうか、ようかんがありませんように。）

と、いのるような気もちで一だん一だんのぼりました。

そして、とうとうおはかにつきました。その時です。

しょうへい君はぽんぽんはずみながら、

「のんのさま、ようかん食べたよ。やっぱりあまいものが大すきだったんだ。」

といいました。まいちゃんもりよちゃんも、手をたたいてよろこんでいます。

お母《かあ》さんは、ほっとしてむねをなでおろしました。おはかを見ると、ほんとうにようかんはありませんでした。

（ああ、よかった。きっと、ようかんは、あまいもの好きのたぬきか、めずらしいもの好きのカラスがもっていったのにちがいないわ。）

子どもたちは、手ににぎっているみかんを、ひとつずつおそなえすると、

「とめさん、みかんすき？」

「りよ、みかんもってきたよ。」

「おばあちゃんが、とめさんはみかんがすきだっていってたからもってきたんだ。いっぱい食べてね。」

っていいながら、おまいりしました。

「もし、きらいだったらどうしよう。とめさんがっかりするだろうな。」

りよちゃんが、心ぱいそうにいいました。

「大じょうぶさ。とめさんのみかん好きは、ゆうめいだった。食べるのもすきだったけど、かわをすてないでおけしょうがわりにつかったり、おふろの中にうかべては、かおりをたのしんだりしていた。とめさんはみかんをおそなえしてもらって、大よろこびしているにちがいないよ。」

おばあちゃんは、むかしを思いだしていいました。

「へーえ、とめさんてそんなにみかんがすきだったんだ。おいしいおいしいって、ぜんぶ食べちゃうね。もしかしたら、もうひとつちょうだいなんていうかもしれない。」

しょうへい君がいうと、お母《かあ》さんがすぐに、

「また、みかんとどけてあげようね。」

といいました。

「うん、そうしよう。さすが、お母《かあ》ちゃん、頭いい！」

しょうへい君がさけびました。

「りよも、またくる。」

「まいもくる。今《こん》どは、みかんを二こにするよ。」

三人のえがおを見て、お母《かあ》さんは、

（このみかんも、どうかなくなっていますように…。）

と、思いました。

3　りよ、気もちわるいの

ある日の夕食のことです。りよちゃんが、元気のないかおでいいました。

「お母《かあ》さん、ごはんいらない。」

「どうしたの?」

「りよ、気もちわるいの。」

「あらまっ、大じょうぶ?　おねつをはかりましょうね。」

というと、お母《かあ》さんは、体温計をりよちゃんのわきにはさみました。

「うーん、ねつはないわね。」

「でも、食べたくないの。」

「りよの大すきなカレーライスよ。一口だけでも食べてみれば？　気もちわるいのが、ふっとんじゃうかもしれないわよ。」

りよちゃんは、首をよこにふるとテーブルをはなれました。

「はな水が少しあるからかぜかな？　今《こん》ばんは早く休みましょう。」

「うん、そうする。」

りよちゃんはふとんにもぐると、すぐに、かるいねいきをたてました。


次の日の朝、りよちゃんは一ばんにおきてきました。しょうへい君もまいちゃんも、まだぐっすりねむっています。

「お母《かあ》さん、おなかすいた。」

「おはよう、りよ。おなかがなおってよかったね。」

「うん、きもちわるくなくなったの。」

りよちゃんが、にこにこしていいました。

お母《かあ》さんは、フライパンにうみたてたまごをふたつおとすと、キャベツをトントンとこまかくきり、大きなおさらにのせました。

「さあできた！」

「わあー、すごい！」

りよちゃんは、おどろきの声をあげました。なんと、おさらの上には、りよちゃんそっくりのかおがあったのです。

「おさらに、りよがいる！　おめめが目玉やきでしょ。お鼻《はな》がウインナーで、それから、お口がトマトで、かみのけは、えっと…わかった！　せんぎりキャベツだ。」

「どう、気にいった？」

「うん、いっぱいいっぱい気にいった。」

「元気になったりよに大サービスよ。さあ、あたたかいうちにめしあがれ！」

「いただきまーす。」

というと、りよちゃんは、いきおいよく食べはじめました。

　あっという間におさらはからっぽになりました。

（ああよかった。やっぱり鼻《はな》かぜだったんだわ。）

お母《かあ》さんは、ほっとしてむねをなでおろしました。

　その時、しょうへい君とまいちゃんがおきてきました。おさらには、せんぎりキャベツの上に目玉やきがひとつと、ウインナーとトマトがのっていました。

　りよちゃんは、あれっ？　と思い、

「わたしの目玉やきはふたつ…。」

といいかけた時です。お母《かあ》さんは、口の前でひとさしゆびをたてて、しーっというジェスチャーをしました。

「りよ、目玉やきが、ふたつって何のことだい？　これは、ひとつっていうんだ。かずのべんきょうをしないと、一年生になれないぞ。」

しょうへい君は、まじめなかおをしていいました。

お母《かあ》さんは、がまんできなくなってくっとわらいました。もちろん、子どもたちに気づかれないようにうしろをむいていました。さて、りよちゃんは、

「お母《かあ》さん、いってきまーす！」

というと、ごきげんでようちえんへでかけていきました。

「リリーン、リリーン！」

お母《かあ》さんがおひるをとっている時、電話がなりました。

「りよちゃんが気もちがわるいといって、きゅう食を食べないのです。おむかえにきてください。」

電話は、ようちえんからでした。

(たいへんだわ！)

お母《かあ》さんは、すぐにむかえに行きました。

　りよちゃんは、元気のないかおで、車にのりました。

「りよ、気もちがわるくなっちゃったの。」

「そう、やっぱりかぜかな？　家に帰ったら、少し休もうか。」

「うん。」

ところが、家につくと、りよちゃんは、

「わたし、アイスが食べたいの。」

といいました。お母《かあ》さんは首をひねって、

「りよ、おなかは大じょうぶ？　気もちわるいんじゃなかったの？」

とたずねました。すると、りよちゃんはにこにこして、

「ううん、もうなおっちゃったの。」

というと、アイスクリームをぺろっと食べて外へとびだしていきました。

ところが、りよちゃんは夕食時になると、また、

「気もちわるいの。」

といって、食べませんでした。


次の日の朝も、やっぱり同じでした。

「気もちわるいの。」

というと、何も食べずに、テレビの前にいきました。

(どこかわるいのかしら? 今日《きょう》は、びょういんへ行ってみてもらいましょう。)

お母《かあ》さんは、ようちえんへ、

「お休みします。」

とれんらくをすると、びょういんへ行くしたくをはじめました。すると、りよちゃんが、

「バナナが食べたい。」

といいました。一本だけわたすと、ペロリと食べて、

「お母《かあ》さん、もう一本!」

といいました。あっという間に、二本たいらげてしまいました。

お母《かあ》さんは、首をかしげました。びょういんへ行くと、先生はりよちゃんの体にちょうしんきをあてながら、

「うーん、これといって、わるいところはありません。ねんのため、鼻水《はなみず》のくすりをだしましょう。」

といいました。

　帰り道、ようちえんの前をとおると、子どもたちがダンスをしていました。

「うんどう会のれんしゅうをしているのね。りよもおどりたいでしょ。」

「……。」

　りよちゃんは、下をむいてしまいました。

　お母《かあ》さんは、はっとしました。

「りよ、ダンスすき？」

「きらい！」

「かけっこは？」

「すき！」

「ダンス、一ばん前だから大へんだね。」

「うん。」

「あのね、お兄ちゃんね、ようちえんの時、ダンスおどらないで、おすなあそびしていたの。だからね、上手《じょうず》におどれなくていいんだよ。下手《へた》っぴでも、まちがってもいいんだよ。りよがまちがったって、だーれもわらわないよ。」

「うんっ。」

　りよちゃんは、明るい声でいいました。

　家にもどると、りよちゃんは、

「お母《かあ》さん、ようちえんへ行く。」

と、いいました。お母《かあ》さんははずんだ声で、

「この車は、つばめようちえん行きー!」

といって、すぐにUターン《ゆう》させました。


お母《かあ》さんは、ようちえんの先生に話してみました。すると、先生は、

「そういえば、りょちゃん、ダンスの時、かおがちょっぴりこわばってます。」

といいました。


（やっぱりね。りよは、ダンスがいやだったんだ。）

お母《かあ》さんは、げんいんがわかってほっとしました。


すぐに、おむかえの時間になりました。ようちえんのバスをおりて、りよちゃんはいいました。


「あのね、今日《きょう》もおきゅう食、食べられなかったの。」

「いいんだよ、りよ。おきゅう食、食べられなくってもいいんだよ。」

お母《かあ》さんは、りよちゃんの手をぎゅっとにぎりしめていいました。


家につくと、お母《かあ》さんはりよちゃんのおなかとせなかをさすりながら、

「お母《かあ》さんの手は、まほうの手。こうすると気もちがわるいのがなおるのよ。」

と、いいました。


しばらくすると、りよちゃんは目をまんまるにして、

「ほんとうだ。なおっちゃった!」

といいました。そして、おやつのりんごを二きれ食べました。その日の夕はんは、ハンバーグをぜんぶ食べました。そして、おふろからあがると、

「お母《かあ》さん、ヨーグルト!」

といって、一気にたいらげました。

「りよったら、お夜食まで食べちゃって！　あんまり食べすぎると、今《こん》どはおなかをこわしちゃうよ。」

お母《かあ》さんは、わらっていいました。

そのばん、お母《かあ》さんはりよちゃんのねがおを見ていたら、なみだがうかんできました。

（こんな小さな子が、むねをいためていたなんて…。）

お母《かあ》さんは、りよちゃんのおなかをさすりながら、小さな声でつぶやきました。

「うんどう会まで、あと十日。それまで、体ちょうに気をつけてすごそうね。りよ、下手《へた》っぴだっていいんだよ。いっしょうけんめいやれば、それでいいんだよ。まちがったって、へっちゃらだよ。」

4　ナマズ魔女《まじょ》がきた！

ある朝のことです。ドアチャイムが、カランコロンとなりました。

「きっと風のいたずらね。今朝《けさ》は、風が強いから。」

エッちゃんは、朝食のパンにバターをぬりながら、まどの外をながめました。家の前にある木々《きぎ》たちは、みな首を大きく左右にふっています。

「風にしてはへんだぞ。チャイムの音が、ひっきりなしに聞こえる。だれか、いるんじゃないかな？」

ジンが、首をかしげて戸口に立った時です。

「グッドモーニィング！」

ハスキーな声とともに、ドアをトントントンとたたく音がしました。

　エッちゃんがあわててあけてみると、立っていたのは、くり色のまき毛がよくにあう、ひとみのぱっちりした魔女《まじょ》でした。こしまでのびたかみは、朝日にてらされ金色にそまっています。

「うふふっ、エッちゃんとジン君ね。」

まき毛の魔女《まじょ》は、目をほそめていいました。

「あ、あなただれ？　どっ、どうして、あたしたちのこと知ってるの？」

エッちゃんは、おどろいていいました。

「わたしの名前《なまえ》は、スミー。あいしょうで、『ナマズ魔女《まじょ》』ってよばれてる。あなたたちのことは、ついさっき、グランドマザーから聞いたばかり。すぐに会いたくなってとんできたの。」

ナマズ魔女《まじょ》が、にこにこしていいました。

「グランドマザー？」

「ええ、そうよ、エッちゃんはコンピューター魔女《まじょ》を知ってるでしょう？　かの女は、わたしのママのママ。ひとことでいうと、おばあちゃんにあたる。えいごでいうと、グランドマザーってわけ。」

なまず魔女《まじょ》がせつめいすると、エッちゃんは
「コンピューター魔女《まじょ》なら、よく知ってる。あなたの、おばあちゃんだったんだ。あたし、『ウメねえさん』ってよんでたの。ねえさんの発明品《はつめいひん》には、いつもおどろかされるばかり。この前なんか、とうめいになるきかいをもってきてくれたの。」

と、こうふんしていいました。

「グラマザったら、ウメねえさんなんて、わかぶっちゃって…。まあいいか。ついさっきたずねたら、エッちゃんのことをうれしそうに話してくれたの。朝からばんまで、部屋《へや》にとじこもって発明《はつめい》ばかりしてるでしょ。じゃましちゃわるいと思って、ふだんは、あまりたずねない。」

「どうして、とつぜん、たずねたの?」

「きまってるじゃないか。何か、とくべつなことがあったんだ。でしょう?」

ジンは、ナマズ魔女《まじょ》の顔をのぞきこむようにしていいました。

「さすがね。ジンさんはかんがいい。えへへっ、じつは、わたし、すっごい発明《はつめい》をしたの。グラマザに見せたくて、すぐにとんでいったの。」

サファイア色をした魔女《まじょ》のひとみは、ま夏の海のようにきらきらとかがやきました。

「その発明《はつめい》って、なあに? ウメねえさんは、何ていったの?」

「うふふっ、エッちゃん、そんなにあわてないで! わたしはにげないわよ。」

ナマズ魔女《まじょ》は、わらっていいました。

「だって…。まちきれないんだもの。」

その時、強風《きょうふう》がおそってきて、ナマズ魔女《まじょ》のかみの毛は、いっしゅんおばけのようにまいあがりました。

「エッちゃん、わるいんだけど、中に入れてもらえるかしら? 風がつよくって、ここじゃゆっくり話せない。」

「ごめんなさい。さあ、中に入って!」

ナマズ魔女《まじょ》が部屋《へや》に入ると、あとから、毛なみのつやつやしたねこが、首をぴんとのばして入ってきました。

　体はブルーブラックで、ひとみはエメラルドグリーンです。よくきたえられ、ひきしまった体をしていました。

「あらまっ、マサトったらついてきたの。」

「これが、あいぼうのつとめというものさ。いいねこは、ご主人さまのあとを、どこまでもついていく。」

マサトは、じまん気にいいました。

「このねこは、わたしのあいぼうで、マサトっていうの。ジンさん、よろしくね。」

ナマズ魔女《まじょ》がしょうかいした時、ジンとマサトはいきとうごうして、何やらむちゅうで話しています。

「あらまっ、いつのまにか二人《ふたり》とも友だちになってる。エッちゃん、わたしたちもなかよくしよう。」

ナマズ魔女《まじょ》はソファーにこしをおろすと、手をさしだしていいました。

「こうえいだわ。スミーさん。」

二人《ふたり》は、あくしゅをかわしました。その時、ナマズ魔女《まじょ》は、

「エッちゃん、わたしのこと、さんづけしないでスミーってよんで！　さんをつけると、何だかわたしじゃないみたい。」

と、いいました。

「わかったわ、スミー。さっそく、発明《はつめい》を見せて！」

「オーケー！」

ナマズ魔女《まじょ》はせなかのリュックをおろすと、サクランボ色したはこをとりだしました。ちょうど、クリスマスケーキほどの大きさをしています。

それを、だいじそうにテーブルの上にのせると、

「この中にあるの。それじゃ、ワン、トゥー、スリーであけるわよ。」

といって、ふたに手をかけました。

エッちゃんは、ごくんと、つばをのみました。いつの間にか、ジンとマサトもそばにいます。

「ワン、トゥー、スリー！」

ナマズ魔女《まじょ》の声が、部屋《へや》にひびきわたりました。


はこの中にあったのは、何だったでしょう？

「アレーッ！　これ、もしかしてひげ？」

エッちゃんは、さけび声をあげました。

はこの中には、ボルドーフォンセのぬのの上に七つのひげが、きちんとならんでいました。

「うふふっ、そうなの。しょうしんしょうめいのひげよ。」

ナマズ魔女《まじょ》は、にこにこしていいました。

「スミー、じょうだんはやめて！　こんなものだれがつかうっていうの？　あたし、れっきとした女の子よ。あーあ、きたいしてそんしちゃった。」

エッちゃんは、がっくりとかたをおとしました。でも、ジンは、

（りっぱなひげがある。一ど、つけてみたいな。）

と、むねをときめかせました。

「もし、つかうとすれば、かそう大しょうくらいのものね。でも、まあいいわ。スミーに会えたんだもの。ひきたてのコーヒーでもいれましょう。そうそう、洋ナシのケーキがあるの。」

エッちゃんが台どころへいこうとすると、ナマズ魔女《まじょ》が、

「ただのひげじゃないの。」

と、つぶやきました。

「ただのひげじゃない？」

エッちゃんは、ゆっくりくりかえしました。

「そう、このひげには、魔法《まほう》の力があるの。ただのひげじゃない。」

ナマズ魔女《まじょ》は、しずかにいいました。

「ただのひげじゃないひげの話など、今まで聞いたことがないわ。」

「そりゃあそうよ。だって、わたしが発明《はつめい》したばかりなんだもの。」

「あっ、そうか。あたしったら、また、早がてんしちゃったわ。スミー、ごめんなさいね。」

「あはははっあははは……。大じょうぶ。エッちゃんのことは、すべて、グラマザから聞いてるわ。」

ナマズ魔女《まじょ》は、声高らかにわらっていいました。

「そうだったの。それで、このひげにある魔法《まほう》の力ってなあに？」

エッちゃんは、ふしぎそうな顔でたずねました。すると、ナマズ魔女《まじょ》は、ソファーから身をのりだすようにしてかたりはじめました。

「わたし、ひげにきょうみをもってね、数百年の間、研究《けんきゅう》をしているの。ひげといってもしゅるいは、いろいろ。まず、口ひげのりっぱなナマズをえらんで、研究《けんきゅう》をはじめたわ。ひげっていえば、ナマズっていうほど有名でしょ？　わたし、部屋《へや》のまん中に、大きな水そうをおいて、

その中に、三万びきほどのナマズを入れて、毎日、かんさつしたわ。」

「すごい、三万びきも？」

エッちゃんは、おどろきの声をあげました。

「ええ、そうよ。研究《けんきゅう》するためには、多い方がいいの。」

「ああ、それで、『ナマズ魔女《まじょ》』ってよばれてるんだ。」

ジンはうなずいていいました。

「えへへっ、そうなの。毎日、かんさつしていたら、あるじじつがわかったの。」

ナマズ魔女《まじょ》のひとみは、かがやきをましました。

「じじつって？」

「あのね、ある日、とつぜんへんいで、口ひげのないなまずが、生まれたの。ひげなんて、あってもなくても、同じ。口ひげのないナマズだって、ナマズであることにまちがいはないわけでしょう？　ところが、かんさつをしているうちに、ひげのないナマズは、ひげのあるナマズにくらべて、元気がないことに気づいたの。わたしは、すぐ、他のナマズについてもしらべてみた。三万びきもいれば、かならずや、とつぜんへんいの個体《こたい》がいくつかまじっているもの。なぜかっていうと、とつぜんへんいの発生率《はっせいりつ》は、じっけんにつかう個体のそう数にほぼ比例《ひれい》するの。だから、エッちゃん、研究《けんきゅう》する時は、できるだけたくさんのじっけんざいりょうをそろえた方がいいわ。ごめん、ちょっと、話がわき道にそれちゃったわね。」

ナマズ魔女《まじょ》はここまでいうと、したでくちびるをなめ、ふーっと大きないきをしました。一気にしゃべったので、くるしくなったのです。それに、のどがからからでした。

エッちゃんは、はっとして台どころへとびこむと、いきおいよくれいぞうこをあけました。

中から、赤いえきたいの入ったびんをとりだすと、それをグラスになみなみとつぎました。

「スミー、まるごとストロベリージュースはいかが？」

といってさしだすと、ナマズ魔女《まじょ》は、たまらなくなってグラスをとりました。

「いただきます！」

というと、あっという間にのみほしました。そして、まんぞくそうな顔をして、

「もうさいこう！　おいしかったわ。」

というと、またすぐに、語りはじめました。

「ところで、えっと…、話はどこまでだったかしら？」

ナマズ魔女《まじょ》は、首をひねりました。

「たしか、ひげのないナマズは、どれもみな元気がないとかってことだった。そのぎもんをたしかめるために、とつぜんへんいのナマズをかきあつめて、かんさつしたんでしょう？」

エッちゃんが、たずねました。

「そうなの、およそ十年間かけて、かんさつしたわ。やはり、ひげのないナマズは元気がなかった。さっそく、わたしは、他の動物のひげについても同じことがいえるのかどうか、しらべてみることにしたわ。」

「それで、けっかは、どうだったの？」

エッちゃんのむねは、どっきんどっきんなりました。

「とつぜんへんいで生まれた、ひげのない動物たちは、やはり、元気がなかった。ライオンも、トラも、クマも、ウサギも、ヌーも、ハムスターも、リスも、ネズミも、コイも、オコゼも、ゴキブリも、クジラも、みな同じけっかだった。あのね、このじっけんをするのに、三百三十

三年もかかったの。」

「三百三十三年も…。」

エッちゃんは、おどろきの声をあげました。

「エッちゃん、研究《けんきゅう》って大へんね。かんたんなことを証明《しょうめい》するのに、おそろしいほど時間がかかる。でも、かかったのは、時間だけじゃないわ。」

「わかった！　お金でしょう？」

「お金ももちろんだけど、わたしが一ばんひつようだとかんじたのは、地道《じみち》な努力《どりょく》ね。何かにむちゅうになって手がはなせなかったり、かぜをひいて頭が重かったり、つかれきってやりたくない日だってある。だけど、もし一日でも休んでしまったら、正しいけっかはえられない。そのために、まちがったけっかがほうこくされることだってある。」

ナマズ魔女《まじょ》のひとみは、サファイア色にキラリと光りました。

「わたし、この研究《けんきゅう》をするまで、ひげなんてぼうしや手ぶくろといっしょ。一しゅんを楽しむ、『おしゃれ』みたいなものだと、かんちがいしてた。ついていようがいまいが、性格的《せいかくてき》には、何のえいきょうもない。ただの『ふぞく品』くらいにしか、とらえていなかった。でも、じっけんしてみて、はっきりとわかったの。ひげには、それは大切《たいせつ》な魔法《まほう》のくすりが、たっぷりつまってる。」

「魔法《まほう》のくすり？」

エッちゃんは、ふしぎそうにたずねました。

「ええ、これは、人工的《じんこうてき》にはつくりだすことができない、それはふしぎなくすりなの。魔女《まじょ》のわたしたちが、何万年かかっても、おそらくむりでしょうね。それは、動物の体内でしかつくられないからなの。」

「動物の体って、ふしぎね。生まれると、みなびょうどうに、そんなすてきなものがついている。考えれば考えるほど、しんぴてきね。ところで、スミー、魔法《まほう》のくすりの正体《しょうたい》はなあに？」

エッちゃんは、ひとみをかがやかせました。ナマズ魔女《まじょ》はしんこきゅうすると、しずかにいいました。

「うふふっ、そうくると思ったわ。エッちゃん、くすりの正体《しょうたい》は『らしさの水』よ。ライオンが森の王者であることをいしきするための水であったり、ネズミがネコを見るとにげだすべきであることを教えるための水であったり、ゴキブリが台どころで運動会をひらくことを伝える水であったりするの。だから、成分《せいぶん》は、動物のしゅるいによりさまざま。それぞれに、ふさわしい性格《せいかく》がかもしだされるよう、工夫《くふう》して作られるの。そして、エッちゃん、おどろかないでね、魔法《まほう》の水のせいぞう工場は、なんと、ひげの中にあるの。」

エッちゃんはつぶやきました。

「ひげの中で、魔法《まほう》の水がつくられてたなんて、おどろきだわ。」

「ええ、ひげでつくられた魔法《まほう》の水は、ひげの根から、動物たちの体に入っていく。そうすると、ほんらいの自信《じしん》がわきあがり、元気がでてくるってわけ。だから、ひげのないナマズは元気がなかった。」

「なんだか、むずかしい話ね。」

エッちゃんは、ちんぷんかんぷんの顔でいいました。

「わかりやすくいうと、動物がもっている性格《せいかく》は、ひげからちゅうしゃされるってこと。何もむずかしくないでしょう？」

ナマズ魔女《まじょ》は、エッちゃんの顔をのぞきこんでいいました。

「あたし、ちゅうしゃはきらい！」

エッちゃんは、今にも、なきだしそうになりました。

「それは、たんなるたとえ。ほんとうに、ちゅうしゃするわけじゃないわ。」

ナマズ魔女《まじょ》がいうと、ジンは、

「わかったぞ！　スミーの発明品《はつめいひん》のなぞがとけた。」

と、さけびました。ひとみは、エメラルドグリーンにかがやいています。

「ほんとう？　ジン。」

エッちゃんがたずねると、ジンは、

「ああ、このひげをつけると、その動物ほんらいがもつ、性格《せいかく》になれるってことだよ。」

と、自信たっぷりにいいました。

「ぴったしかんかん！　生きたままのひげを、動物につけると、その成分《せいぶん》が体の中に入り、さいぼうをながれるの。ジンさんて頭がいいのね。あなたのひげ、ほしいな。わたしの研究用《けんきゅう》にしたいの。」

ナマズ魔女《まじょ》は、じょうだんはんぶんに、おどけていいました。ところが、ジンは本気にしてしまい、がたがたふるえました。

「ぼっ、ぼくのは、こまります。」


ところで、ナマズ魔女《まじょ》は、生きたままのひげを、どんな方法でとってきたのでしょう。カミソリでそってしまえば、ひげは死《し》んでしまいます。

死《し》んだひげは、ききめがありません。とすると…。ジンは、考えているうちにこわくなり、だまってしまいました。

その時です。

「♪ピロピーロ、ピロピーロ…。」

ナマズ魔女《まじょ》のけいたい電話がなりました。

「えっ、ほんとう？　すぐ行く。」

電話をきると、ナマズ魔女《まじょ》は、

「わたし、すぐもどらなくっちゃ。ナマズのひげがにじ色にそまったらしいの。研究《けんきゅう》は大せいこうだわ。だって、ゆめにまでみたにじ色よ。きっと、魔法《まほう》の水の中には、宇宙《うちゅう》がとびはねるような、すごい成分《せいぶん》がはいっているにちがいない。」

と、こうふんしていいました。

「ええっ、もう帰っちゃうの？」

エッちゃんが、あわてていいました。

「そうなの。このひげセットはおいておく。エッちゃん、ジン君、自由につけていいからね。つかいおわったら、ここに、れんらくしてちょうだい。すぐ、とりにくるわ。ああ、それから、このひげの使用期間は、十日間。それをすぎると、ききめはなくなるの。十分、気をつけてね。」

ナマズ魔女《まじょ》は、れんらく先のメモをおくと、部屋《へや》からとびだしていきました。マサトも、あわててついていきました。

5　C《シー》の正体《しょうたい》ってなあに？

エッちゃんは、はこの中のひげをじっと見つめました。

白いのや黒いのや、糸みたいなのやもじゃもじゃなのがまじってならんでいます。

「ひげは、ぜんぶで七しゅるい。へんねえ？　二つずつあるわ。」

エッちゃんが首をかしげると、ジンは、

「おそらく、あんたとぼくの分だ。いっしょにつけられるように、気をつかってくれたんだ。」

と、うれしそうにいいました。

「うふふっ、スミーったら…。そばに、アルファベットがあるけど、何かしら?」

「うーん。」

ジンは、ひげとアルファベットを見くらべてうなりました。上からじゅんに、L《エル》・W《ダブル》・C《シー》・M《エム》・D《ディー》・H《エイチ》・M《エム》と書いてあります。

「このひげ、どことなくジンとにてるわ。」

エッちゃんは、C《シー》と書いたひげをゆびさしていいました。

「ほんとうだ。もしかしたら、ぼくたちねこぞくのものかもしれない。」

「ジン、ねこって、英語で何ていうんだっけ?」

「あんた、そんなことも知らないのかい? キャットだよ。それくらい、じょうしき。わるいことはいわない。もう少し、英語の勉強をした方がいい。これからは、国さい化の時代。そのままだと、ひとりだけとりのこされちゃうぞ。」

ジンは、あきれかえっていいました。

「わかったわ、考えておく。ところでさ、キャットのスペルは?」

「あー、なさけない。c《シー》・a《エイ》・t《ティー》だろう? こんなの三さいの子どもだって知ってる。」

ジンは、ぷりぷりしていいました。

　その時です。エッちゃんは、

「あんごうがとけたわ! これは、キャットのC《シー》よ!」

と、さけびました。すると、ジンは、

「そうか、キャットのC《シー》か! やっぱりこのひげは、ねこのものだったか。しかし、あんたもやるもんだねぇ。さすが、ぼくのあいぼうだ。」

といって、今《こん》どは大げさにほめました。すると、エッちゃんは、

「ジン、けなすのか、ほめるのか、どっちかひとつにしてちょうだい。でないと、あたし、おちこんでいいのか、よろこんでいいのかわからないもの。」

と、こまった顔でいいました。

「わかったよ。」

ジンは、小さな声でいいました。


「ピューン、ピューン…。」

その時、ハト時計が八時をつげました。

「あらまっ、わたしとしたことが…。」

ハトさんは、ほおを赤くそめていいました。ふきなれているはずのフルート曲を、一音だけはずしてしまったのです。

　あのれいせいなハトさんが、一体、どうしたというのでしょう？　じつは、テーブルのひげセットを見つけて、びっくりぎょうてんしたのです。

　ひげというものは、ふだん、動物たちの顔についていて、ちっともこわいものではありません。でも、ひげだけが、きれいにならんでいると、みょうにこわいものなのです。

「さてと、まだ八時。あたし、ためしてみようかな。」

外の風はやみ、いつの間にか、しずかになっていました。

　家の前の庭《にわ》は、カエデやイチョウのはがとびちり、お日さまにかがやいています。コオロギの子どもが、それを見つけて、

「パパ、かくれんぼうをしよう。」

と、いいました。すると、お父《とう》さんは、

「うん、いいね。ママもさそってみよう！」

といって、にっこりしました。

　おちばのおふとんは、虫たちのあそびばです。はきそうじをしないで、たまには、そのままにしておくのもいいかもしれません。

「ああ、そうしよう。早いうちにつかった方がいい！」

しばらくして、ジンがこたえました。

「うーん、どれにしようかな？」

エッちゃんは、ひげとにらめっこ。じっとしたまま、考えこんでしまいました。

「どれも同じ。早いかおそいかのちがいで、大してちがわない。」

「そうね、やっぱり、はじめはこれにする。あんたと同じキャット！」

といって、C《シー》のひげをとろうとしました。

「ググーッ！」

その時、エッちゃんのおなかがなりました。

「そうだ！　あたしたち、まだ、朝ごはんを食べてなかったんだ。」

おさらには、バターをぬりかけたトーストが二まい、かたくなっていました。

　エッちゃんは、トーストをほおばると、ぎゅうにゅうをごくごくとのみました。おなかがすいていれば、何だっておいしく食べられるものです。

「はい、ジンはこれっ。」

エッちゃんは、ひやめしに、みそしるをかけてさしだしました。ジンは、かたいパンが、大のにがてだったのです。

「ごちそうさま。今日《きょう》のは、かくべつおいしかった。」

ジンは、うれしそうにいいました。

「はらごしらえはできたし、さっそく、行動かいし。ジン、ひげをつけましょう。」

「まってました！」

エッちゃんが、ひげを手にとった時、

「キャー！」

と、大きなひめいをあげました。

四本のぴんとはったひげが、ぴくんぴくんと、うごいたのです。ナマズ魔女《まじょ》がいったように、生きているしょうこです。

かがみの中には、ひげをつけた女の人が、きょとんとした顔で立っていました。

口の上に近づけると、まるでじしゃくのようにぴたっとすいつきました。

「う、うごいたわ。」

（へんな人？）

エッちゃんは、すぐに、ジンのところへとんでいきました。

「ジン、あたし、ひげがにあう？」

「あははっ、とってもよくにあう。はじめから、ついてたみたいだ。よし、次はぼくのばんだ。」

ジンが、ひげを口の上に近づけた時です。自分のひげは一しゅんにしてきえて、新しいひげが、まるでじしゃくのようにぴたっとすいつきました。

「なんてことだ。しんじられないことがおこった。」

ジンは、かがみを見ながらいいました。

（ひげの数はへってしまったけど、なかなかりっぱなひげだな。）

しばらく、みとれていると、エッちゃんは、

「ジン、これは何だろう？」

と、さけびました。

手には、たまごがたをしたリモコンがにぎられています。バラ色とるり色のボタンが二つ、それぞれに大と小と書いてあります。

「ぼくの手にも同じものが……！　そうさしてみよう。」

「ええ、そうしましょう。」


エッちゃんとジンは、いっしょにバラ色のボタンをおしてみました。すると、どうでしょう？

二人《ふたり》の体は、みるみるうちに大きくなりました。てんじょうをつきやぶり、サクラの木をこし、でんせんをこえ、雲のあいだからにょっきりと顔をだしました。エッちゃんは、

「あたし、世界一の巨人《きょじん》だわ。できないことは何ひとつない。力だって、ほらこんなにある。」

といって、金星と火星を両手にのせ、お手玉のようにぽんぽんなげあげました。

「地球《ちきゅう》のみんな、こまったことがあったら、おしえてね。すぐに、とんでいってかいけつするわ。

あたしは正義《せいぎ》の味方《みかた》。」

エッちゃんは、宇宙《うちゅう》の中でさけびました。

地球《ちきゅう》を見ると、悪者がはっきりと見えました。エッちゃんは、三人を指でつまみあげました。一人《ひとり》はゆうかい犯《はん》。三さいの子どもをつかまえ、今まさに、車にのせようとするしゅんかんでした。

もう一人《ひとり》はごうとう犯《はん》。ぎんこうの金庫《きんこ》にしのびこみ、今まさに、さつたばをかばんにつめこもうとするしゅんかんでした。

さいごの一人《ひとり》はハイジャック。パイロットにピストルをむけ、今まさに、ひきがねをひこうとするしゅんかんでした。

「少し頭をひやした方がいいわ。しっかり反省《はんせい》しなさい！」

というと、エッちゃんは、三人を宇宙《うちゅう》になげました。

「ぼくたち、まるで、英雄《えいゆう》になったみたいだな。二人《ふたり》で、地球《ちきゅう》の平和を守《まも》ろう。」

ジンもまた、手のひらに三日月《みかづき》をのせて、つぶやきました。巨人《きょじん》になると、きもっ玉も、それにともなって、大きくなるようでした。

雲の上では、かみなりの家ぞくがおちゃをのんでいました。

「おやまあ、めずらしいお客さんだこと！　あなたは、魔女《まじょ》さんじゃないか。それにしても、ゆかにあなをあけちゃって、どうしてくれるんだい？　たずねてくるのなら、げんかんから入ってほしいものだね。」

かみなりの母《かあ》さんが、目をぱちくりさせていいました。

「ごめんなさい。家をこわしたことはあやまるわ。でも、あたしたち、とつぜん、大きくなっちゃって。こわすつもりはなかったのよ。」

エッちゃんとジンは、頭を下げました。

「母《かあ》さんや、いいじゃないか。よくきてくださった。たった今、『イナズマパイ』がやきあがったところさ。ちょうどよかった。いっしょに、食べていってください。」

かみなりの父《とう》さんが、にこにこしていいました。

「魔女《まじょ》さん、母《かあ》さんのパイは、とってもおいしいよ。空の上でしかやけないんだ。ねこさんも、いっしょにどうぞ！」

かみなりのぼうやが、ほっぺをピーチ色にそめていいました。

「まあいいわ、ゆるしてあげる。じまんのパイなの。食べてみて！」

かみなりの母《かあ》さんは、にっこりしていいました。

「ありがとう。とってもうれしいわ。えんりょなくいただきます。」

エッちゃんが一口食べると、体がぴかりと光りました。

二口食べると、ぴかぴかっと光りました。そして、三口食べると、ぴかぴかぴかっと光りました。

イナズマパイのあじといったら、ひとことじゃせつめいできません。それほど、おいしかったのです。

どんなあじかっていうと、ほどよくあまくって、ほどよくからくって、ほどよくすっぱくって、ほどよくにがみがある。四つのあじがうまくとけあって、イナズマパイをつくっていました。

そして、歯ざわりが、またたまらない。ひょうめんはぱりっとしていながら、中みはしっとりとぬれていました。そのバランスが、ほどよく、何ともいえずうっとりするいっぴんになっていました。

「ごちそうさま。」

といったきり、エッちゃんもジンも、しばらく、声がでませんでした。雲のソファーによりかかったまま、おいしさにひたっていました。

「どうして光るのかって？」

ここで、みなさんのしつもんにおこたえしましょう。パイの間にはさんだイナズマが、おなかの中で、ばくはつしたのです。

かみなりの父《とう》さんは、二人《ふたり》のまんぞくそうな顔をえがおでながめていました。しばらくすると、とつぜん、はっとして、

「ところで、あなた方のつけているひげに、見おぼえがあるのだが。もしや…。」

と、目をぎらぎらさせていいました。

「あなた、この方たちは、かみさまのつかいかもしれないわ。あたしったら、たいへんしつれいなことを、もうし上げてしまったんじゃ…。どうしましょ。とりかえしがつかないわ。」

かみなりの母《かあ》さんは、顔を青くしてがたがたとふるえました。

「かみさまのつかい？　あたしは、しゅぎょう中の魔女《まじょ》。かみさまなんか知らないわ。」

エッちゃんが、首をふっていいました。

「わたしたちのかみさまは、そのりっぱなひげをおもちなのです。」

かみなりの父《とう》さんは、きりりとしていいました。

「だけど、かみさまに、このひげはにあわない。」

エッちゃんがいいました。すると、かみなりの母《かあ》さんは、

「にあうとかにあわないじゃないの。わたしたちのかみさまは、ぴんとはった四本のひげをもっ

ているのです。けっして、見まちがうはずはありません。そのひげのもちぬしは、かみさまだけです。」

と、力強くいいきりました。

「このひげは、ねこぞくのものでしょう? まさか、あなたたちのいうかみさまっていうのは、ねこのことじゃありませんか?」

ジンは、どきどきしながらたずねました。

だって、もし、ねこがかみさまだったら、世の中がひっくりかえるでしょう。自分のしゅぞくが一ばん、すぐれているわけです。

おそらく、みんなは、ちやほやするにちがいありません。食事だって、まいばん、フルコースはまちがいないでしょう。

「いや、ねこの君にはわるいが、かみさまはねこじゃない。そのひげは、ねこのものとは少々《しょうしょう》ちがう。にているが、びみょうなちがいがある。」

かみなりの父《とう》さんは、首をゆっくりとよこにふりました。

「やっぱりそうか…。」

ジンは、ショックをうけました。

「それじゃ、あなたたちのかみさまって、一体、だれなんですか?」

エッちゃんがたずねました。

「かみさまは、地上からわたしたちに電気をおくってくれます。そのおかげで、光れるのです。人間たちは、イナズマとよんでおそれているみたいですが、わたしたちにとって、それが一ばんのしごとなのです。きらわれもののかみなりとしてしごとができるのは、まさにかみさまのおかげ。かんしゃせずにはいられません。」

かみなりの母《かあ》さんは、地上にむかってふかぶかと頭を下げました。

「さい大のぶきであるイナズマは、かみさまからプレゼントしてもらった電気により、生まれた。だから、わたしたちは、イナズマという名を、かみさまの名前《なまえ》からわけてもらった。でも、かみさまは、そのことを知らないだろう。いつの日か、おつたえしたいと思っている。」

かみなりの父《とう》さんが、しみじみいいました。

「てことは、かみさまの名前《なまえ》はイナズマの中にかくれてるってこと?」

エッちゃんがさけびました。

「ああ、その通りだ! さすが、魔女《まじょ》さんはかんがいい。」


さあ、ここで、みなさんもいっしょに考えてみてください。

かみなり家ぞくのいうかみさまとは、だれでしょう?

白い紙に、『イナズマ』と書いて、考えてみてください。じっと、見ていると、ある動物《どうぶつ》が見えてきませんか?
ヒントは、三文字。水の中にすむ、やや頭の大きい魚です
それでは、答えを書きます。答えは、『ナマズ』です。かみなりの家ぞくに電気をおくっていたのは、ナマズだったわけです。
そういえば、ナマズには、りっぱな四本のひげがついています。水ぞくかんなどでおなじみ

の人も多いことでしょう。

ナマズの中には、まれに、電気をおこすものがいます。そのナマズを、わたしたちは、『デンキナマズ』とよんでいます。

そして、ナマズを英語で、『キャットフィッシュ』と発音します。スペルは、『catfish《シーエイティーエフアイエスエイチ》』。日本語にやくすと、『ねこざかな』ということになります。

どうやら、ねことは他人《たにん》ではない。しんせきくらいのかんけいはありそうです。C《シー》というのは、キャットではなく、キャットフィッシュの頭文字《かしらもじ》でした。


エッちゃんとジンは、かみなりの家ぞくにおれいをいうと、るり色のをボタンをおしました。

すると、どうでしょう。二人《ふたり》の体は、みるみるうちに小さくなりました。雲よりひくくでんせんよりひくく、サクラの木よりひくくてんじょうよりひくくなりました。

エッちゃんは、てんじょうを見上げていいました。

「あたしたち、大きくなったのはいいけど、てんじょうにあながあいちゃったわ。すぐに、しゅうりしないと、今《こん》ばんねむれないわ。」

「そうだな。リモコンをうまくそうさして、やねほどのせたけになろう。そうすれば、しゅうりもかんたんだ。」

ジンは、とくい気にいいました。

「ジン、あったまいい！」

「あんた、今ごろ気づいたのか？」

ジンは、ふまんそうにいいました。

「でも、まさか、地上のナマズが、空の上のかみなりさまに、電気をおくっていたなんてね。」

エッちゃんがぽつんといいました。

「ああ、まったく知らなかったよ。」

ところで、エッちゃんとジンがひげをつけたら、どうして大きくなったかって?

ナマズのだす電気が、リモコンをそうさしていたのです。

そうです。ナマズのひげには、『電気エネルギー』が入っていました。

もちろん、そこには発電所《はつでんしょ》があって、ふんだんに、電気がつくられていました。もし、電気ナマズがいなくなってしまったら、かみなりさまの出すイナズマがなくなってしまうかもしれません。

そんなことになったら大へん。かみなりさまはピカピカ光って、あるていど、こわくなくてはなりません。ゴロゴロなるだけでは、ものたりないのです。

みなさん、電気ナマズをだいじにしましょうね。エッちゃんは、このひげを、『のびーるひげ』と名づけました。

6　H《エイチ》の正体ってなあに？

カーテンのすきまから、いたずらなお日さまが顔をのぞかせました。光のうでは、エッちゃんのまぶたをトントントンと三どノックすると、ジンのひげを左右にゆらしました。お日さまの視力《しりょく》は、おどろくなかれ10000・0。どんなにあついカーテンだって、小さなすきまを見つけて、入っていきます。

「ふぁーああっ。もう朝なの？　ああねむい。あたし、もう少しねる。」

エッちゃんは、ベッドから体をおこすと、カーテンをきっちりとしめ、またすぐに、ばたんとよこになりました。

お日さまは、顔をくもらせると、あわてて光のうでをひっこめました。あと少しおそかったら、すりきずができたでしょう。

「あんた、ひげのぼうけんがまってるんだ。そんなにのんびりしてると、使用期限《しようきげん》がすぎてしまう。」

ジンがぽつんというと、エッちゃんは、とつぜん、ベッドにはねあがりました。

「そうだった。きのう、スミーがもってきてくれたつけひげセット。早いとこ、つかわないときめがなくなってしまう。」

エッちゃんは、あわててカーテンをあけました。お日さまはきょとんとした顔で、

「いったい、どうなってるの？」

とつぶやくと、まどごしに光のうでをいきおいよくのばしました。

山ブドウ色のシャツとオーバーオールにきがえると、つめたい水で顔をばしゃばしゃとあらいました。

「これで、ばっちり目がさめたわ。」

タオルで顔をふいてから、あいようのへチマ水をぱっぱっとふりかけると、

「あたしって、なかなかのべっぴんさんね。世の中の男性《だんせい》たちは、きっと目がわるいんだわ。」

といって、かがみの前でにこっとしました。

「あんた、けしょうをわすれてる。」

ジンがいうと、エッちゃんは、

「あたし、休みの日はしないの。おはだも、休ようをとらないと、あれてくるのよ。それにしても、男性《だんせい》はいいわね。顔の手入れなんて何もしない。」

エッちゃんは、うらやましそうにジンを見ました。

「そうでもないさ、さいきんの男性は、けっこう美容《びよう》に気をつかってる。」

「そうね。若者《わかもの》たちのおしゃれも、ずいぶんかわってきた。いいかわるいのかは別にして、男女の差がちぢまってきたみたい。おっと、そんなことより、ひげをえらびましょう。」

エッちゃんが、サクランボ色のはこをあけていいました。その時です。ジンが、

「たいへんだ！　なくなってる。」

と、さけびました。

　きのう、つけたばかりのねこのひげがなくなっています。一体、どうしたというのでしょう。

「あたしたち、この中にもどしたわよね。」

「ああ、たしかに入れた。屋根のあなをふさいでから、すぐに、もどした。」

「きのうのばん、どろぼうが、入ったのかしら？」

エッちゃんは首をかしげると、部屋《へや》をしらべはじめました。

　でも、どろぼうが入ったけいせきは、まったくありません。げんかんのかぎはしっかりとしまっていたし、タンスもつくえのひきだしも、そのままのじょうたいになっていました。

「うーん。だれも、入ってないわ。」

「ああ、そうだろう。どうせぬすむんだったら、このはこ全部、もっていくと思うよ。中をあけて、二つだけもっていくどろぼうはいない。とすると、ますますふしぎだ。ひげは、きえたっ

てことになる！」

ジンは、目をエメラルド色にかがやかせました。

「きえた？　なんだか、こわくなってきた。」

エッちゃんはさむけがして、一しゅんがたがたとふるえました。

「こわがってる場合じゃない。何どもいうけど、ひげには使用期限《しようきげん》がある。早いとこ、えらぼう。」

「わかったわ。」

「さあ、おすきなのを、どうぞ！」

ジンはにこにこしていうと、台どころにきえました。

　バスケットの中から、ロールパンを二つとりだすと、すぐにもどってきました。エッちゃんに、ひとつわたすと、さっそくかじっていいました。

「きまったかい？」

「ええ、これにしたわ。もしかして、サンタおじさんのひげじゃないかしら？」

エッちゃんは、まっ白いふわふわしたひげをゆびさしていいました。お日さまにてらされて、まるで雪のようにきらきらとかがやいています。

「サンタクロースだと、アルファベットはS《エス》だ。ところが、ここにはH《エイチ》と書いてある。うーん、このひげのもちぬしは、一体だれだろう？」

ジンは、首をひねりました。

「もしかして、ヒョウじゃない？」

「ざんねんだけど、ちがう。ヒョウは、英語でレパドと発音して、スペルはｌｅｏｐａｒｄ《エルイーオーピーエイアールディ》だ。頭文字《かしらもじ》は、L《エル》になる。」

「英語ってややこしいのね。」

「そうでもないさ。おぼえてしまえば、かんたん。そうだ！　馬をわすれていた。馬は、英語でホースと発音して、スペルはｈｏｒｓｅ《エイチオーアールエスイー》だ。頭文字《かしらもじ》は、Ｈ《エイチ》になる。」

「ジン、あんたって、もの知りね。だけど、このひげは、馬のものじゃないわ。こんなのつけてたら、ものわらいのたねになるだけ。きっと、なかまはずれにされてひとりぼっちよ。」

エッちゃんがいいました。

「そうか、馬じゃないか…。まあ、いいさ。ひげのもちぬしは、つければわかる。考えていてもはじまらない。さっそく、つけよう。」

「そうね。あたし、どきどきしてきたわ。」

　エッちゃんが、ひげを手にとった時、

「ギャー！」

と、大きなひめいをあげました。

　まっ白いひげが、むにゅむにゅとうごいたかと思ったら、口のまわりにジャンプして、ぴたっとすいついたのです。その時、ひげは十倍《ばい》ほどものび、先がおへそあたりまできました。

「ジン、どうかしら？」

エッちゃんは、心ぱいそうにたずねると、ジンがさけびました。

「とってもよくにあうよ。赤いぼうしと赤いふくを身につけたら、まちがいなく『魔女《まじょ》サンタ』だ！」

エッちゃんは、タンスの中からまっかなシャツとパンツをとり出すと、いそいできがえをはじめました。しあげは、まっかな毛糸のぼうしです。

「これだったら、クリスマスイヴのばんに、子どもたちにプレゼントをくばれる。えへへっ。いいでしょう。」

といって、むねをはってみせました。

「いい、いい！　すてきな魔女《まじょ》サンタのできあがり。よし、次はぼくのばんだ。」

ジンが、口に近づけた時です。自分のひげは一しゅんにしてきえて、新しいひげが口のまわりにジャンプして、ぴたっとすいつきました。C《シー》のひげの時と同じです。

ジンは、かがみを見て、

（あごひげはゆかについてしまうけど、なかなかごうかなひげだな。）

と、思いました。エッちゃんは、

（あれじゃ、ひげがモップがわりになって、すぐにまっ黒けだわ。）

と思いました。でも、かわいそうなので、

「すてき！　とってもよくにあうわ。」

と、おせじをいいました。

ジンは、とつぜん、かけだしました。ひげをなびかせて、走りたくなったのです。

ところが、ひげは長すぎました。自分の前足でふみ、つまずいててんとうしました。ジンは、かなしくなりました。

「さてと、でかけるわよ。」

「うーん。」

「ジン、かなしんでいるひまはないのよ。ひげが少しばかり長いからって、がまんするしかないわ。」

「ちがうよ、そんなことでなやんでいるんじゃない。ちょっとはでだからなあ。どこにいても、めだってしまう。うーん…、そうだ！　あそこがいいよ。たしか、魔王《まおう》えきから、歩いて七分のところに、『悪魔《あくま》ワールド』っていう名のおもしろいゆうえんちができたんだ。あそこなら、このかっこうでもめだたない。」

ジンが、じまんのしっぽをぴんと立てていいました。

「そうか！　あそこは、おとぎの国をさいげんしたゆめワールド。いろんなキャラクターの着グルミをきた人たちであふれてる。こんなひげくらいじゃ、きっとだれもふりむかない。」

エッちゃんは、ほうきを手にしながらいいました。一こくも早く、でかけようと思ったのです。

「悪魔《あくま》ワールドへレッツゴー！」

二人《ふたり》は、ほうきでひとっとび。あっという間に、悪魔《あくま》ワールドにつきました。


ついたところは、はなれ島のどまん中。まわりは、どこもかしこも海です。

その時、どこからか、しくしくとなき声がきこえてきました。声の方に歩いていくと、そこには、子ウサギがいました。

「あのね、ウェディング島に行くはずが、まちがえて、この島にきてしまったの。わたし、ここからでたい。」

と、赤い目をしていいました。

「どうしたら、でられるの？」

エッちゃんがたずねると、子ウサギは、

「ここは、いじわるクイズ島。オニたちのだすクイズにこたえないと、でられない。わたし、頭が悪いから、ちんぷんかんぷん。何だかかなしくなっちゃって…。だけど、このもんだいは、どんなにすぐれた博士《はかせ》たちも、すぐには、こたえられないってうわさよ。さっき、ここにきたスズメが耳うちしてくれた。あなたたち、わたしのことたすけてくれるわよね。」

と、すがるような目でいいました。

「すぐれた博士《はかせ》たちにむずかしいとなると、あたしたちには、とうていむりかもしれない。ごめんなさいね、ウサギさん。」

エッちゃんは、ぺこっとあやまりました。

「そんなこといわないで！　わたし、ずっとここからでられない。」

子ウサギは、しくしくなきだしました。

「ごめんなさい。ちょうせんしてみるわ。もんだいは、どれ？」

エッちゃんが、子ウサギをなだめるようにいいました。

「これよ。」

子ウサギはなきやむと、にこにこして白い紙をさしだしました。そこには、こう書いてありました。


『いじわるクイズ島』にとうちゃくした君。

さっそく、このクイズにちょうせんしたまえ！

十もん中、九もん以上《いじょう》せいかいすればボートが手に入る。すなわち、この島をはなれるじゅんびができるのだ。

けんとうをいのる。

（赤おにより）

①しっぱいした時、えんぴつをつかわないで、指でかくものなあに？
②まけたのに、げらげらわらっているゲームってなあに？
③一回しかまかないのに、八回もまいたようにいわれるものなあに？
④鼻《はな》の上にのったり、耳につかまったりしてはたらくものなあに？
⑤朝から夜まで、何もしなくても、開いたり閉じたりなあに？
⑥自分のものなのに、どうしても持ってかえれないものなあに？
⑦くらくて見えないのに、見えるものなあに？
⑧一本だと食べられないのに、二本だと食べられるものなあに？
⑨あるのに、ないといっても、おこられないものなあに？
⑩たった一日で、古くなってしまう紙ってなあに？

さあ、みなさんもいっしょに考えてみてください。どうですか？
エッちゃんは、紙に、こたえをすらすら書きました。

①頭　②にらめっこ
③はちまき　④めがね
⑤目　⑥あしあと
⑦ゆめ　⑧おはし
⑨なし　⑩新聞紙《しんぶんし》

「なんだ、かんたんじゃない。」

と、さけびました。

　子ウサギが、こたえを赤おにさんのところへもっていくと、

「百点まんてんだ！　おぬしやるな。」

と、目をまるくしていいました。となりにいた黄おにさんが、

「次は、これだ。」

といって、白い紙をわたしました。そこにはこう書いてありました。


　『いじわるクイズ島』の一まい目のクイズにごうかくした君。さっそく、二まい目のクイズにちょうせんしたまえ！

　十もん中、九もん以上《いじょう》せいかいすればかいが手に入る。すなわち、この島をはなれるじゅんびができるのだ。

けんとうをいのる。　（黄おにより）

① てきのボールか、みかたのボールかまよってしまうスポーツってなあに？
② 屋根の下にはしらが一本で、あちこちうごきまわれるものなあに？
③ カメが、いつももってるのみものってなあに？
④ 学校で、いつも調子《ちょうし》がいいという先生はだあれ？
⑤ ぼうしを二どつついて、いい声でなく虫ってどんな虫？

⑥せっかくかっても、わらないと役にたたないものなあに？
⑦だしてといわれても、入れちゃうものなあに？
⑧こしをかけなくても、かけられるものなあに？
⑨口からでると、耳にはいるものなあに？
⑩見ていると、よだれがでそうなほどきれいな花ってなあに？

さあ、今《こん》ども、いっしょに考えてみてください。どうですか？

エッちゃんは、紙に、こたえをすらすら書きました。

①ドッジボール　②かさ
③コーラ　④校長先生
⑤ツクツクボウシ　⑥たまご
⑦手紙　⑧電話
⑨声　⑩ツバキ

「なんだ、かんたんじゃない。」と、さけびました。子ウサギが、こたえを黄おにさんのところへもっていくと、

「百点まんてんだ！　おぬしやるな。」

と、目をまるくしていいました。となりにいた青おにさんが、

「さいごは、これだ。」

といって、白い紙をわたしました。そこにはこう書いてありました。


『いじわるクイズ島』の二まい目のクイズにごうかくした君。

君は、かなりのきれ者にちがいない。

しかし、あまくみてはならないぞ。

三まい目は、『スーパーいじわるクイズ』だ。

さっそく、さいごのクイズにちょうせんしたまえ！

もんだいは、一もん。

これにせいかいすれば、悪魔《あくま》ワールドの全ての乗り物のチケットが手に入る。すなわち、この島をはなれ、十分にあそぶことができるのだ。

けんとうをいのる。　（青おにより）

ある時はよろこび、ある時はいかり、ある時はかなしみ、ある時はいばり、ある時はうつむく、かた目の人形ってなあに？


さいごです。みなさんも、いっしょに考えてみてください。

「わかった！　かた目のにんじゃだ。」

なんていってる人、ちがいます。にんじゃは人形ではありません。

なやんでいる人のために、ヒントを三つ、だしましょう。見たくない人は、ここを何かでかくしてください。

ひとつ、赤い体です。

ふたつ、足がありません。

みっつ、ひげがあります。

さあ、どうでしょう。こたえがわかりましたか？

エッちゃんは、紙に、こたえをすらすら書きました。

かた目のダルマ

「なんだ、かんたんじゃない。」

と、さけびました。子ウサギが、こたえを青おにさんのところへもっていくと、

「百点まんてんだ！　おぬし、ただ者じゃないな。」

と、目をまるくしていいました。となりにいた赤おにさんと黄おにさんも、目をまるくしていいました。

「このクイズにぜんもんせいかいしたのは、今までにだれもいない。君だけさ！」

「ウサギさん、一体、君は何ものだい？」

「じつは、こたえたのは、わたしじゃありません。この方たちです。」

といって、子ウサギは、エッちゃんとジンをしょうかいしました。

「君らは？」

「しゅぎょう中の魔女《まじょ》です。このねこは、あいぼうのジンといいます。」

「ただの魔女《まじょ》さんじゃあるまい。このクイズは、まともな知識《ちしき》だけじゃとけない。ものごとをう

まくしょりする能力《のうりょく》、つまり、ひとことでいうと、『知恵《ちえ》』がひつようだ。ユーモアとか、アイディアとか、工夫《くふう》する力とか、そうぞう力とか、さまざまな力をかねそなえていなければとけない。じゅうなんな考え方が、ひつようなんだ。魔女《まじょ》さん、あなたは、その全《すべ》てをかねそなえていらっしゃる。たいへん知恵《ちえ》のあるお方だ。おそれいりました。」

青おにさんは、かん心していいました。

「いいえ、ただの魔女《まじょ》とねこです。」

エッちゃんがこたえました。

「そんなはずは…。」

赤おにさんと黄おにさんは、おどろきで顔がまっさおになりました。とつぜん、青おにさんが三人になりました。

「おまえたち、あんまりこうふんしちゃだめだ。わたしが三人になってしまう。」

青おにさんが、あわてていいました。

ところで、あの子ウサギはどうしたでしょうか？　ボートとかいとチケットを手にして、よろこびいさんで島をはなれていきました。

「魔女《まじょ》さん、ジンさん、ありがとう。」

三人のおにさんたちは、だれもいなくなった島で、頭をなやませました。

「あの二人《ふたり》の正体《しょうたい》は、何者だろう?」

青おにさんが首をひねりました。

「あのひげ、そういえば、絵本で見たことがある！」

黄おにさんがさけぶとほらあなに入り、すぐに、絵本をもってでてきました。

「ほらっ、ここに、あのひげがある！」

「ほんとうだ。あの方たちのひげとそっくりだ。」

赤おにさんが、おどろいていいました。

「魔女《まじょ》にすがたをかえて、わたしたちのようすをうかがいにきたにちがいない。」

青おにさんが、そっとつぶやきました。


さあ、ここで、もんだいです。みなさんもいっしょに考えてみてください。

黄おにさんが絵本で見つけた、ひげをもつ人とは、
だれだったでしょう？

「本のタイトルは何かって？」

だいじなことをわすれていました。『とししゅん』という本です。作者は、みなさんよくごぞんじの『あくたがわりゅうのすけ』。

わかりましたか？　読んだことがないという人は、図書館へいってさがしてみましょう。ページをめくると、そのひげをもつ人が、かならずでてきます。図書館が遠いという人のために、ヒントをだしましょう。

ヒントは、一人でも千人いるという名前《なまえ》です。これで、もうおわかりでしょう？

それでは、答えを書きます。いいですか？

答えは、『仙人《せんにん》』です。このお方は、ふかのうをかのうにしてしまう、世にもふしぎな力をも

っています。人間たちは、この力を、じんつうりきとよんで、あがめたてまつっています。わからないことなど、何ひとつない。それほどの多くの知識《ちしき》と知恵《ちえ》をかねそなえた、まぼろしの人なのです。人間をちょうえつしたかみさまのような人をさしています。仙人《せんにん》を英語で『ハーミト』と発音します。スペルは、『hermit《エイチイーアールエムアイティー》』。どうりで、ひげのそばに書いてあった頭文字《かしらもじ》は、H《エイチ》だったわけです。

エッちゃんとジンは、仙人《せんにん》のひげをつけたので、万能《ばんのう》の人となったわけです。むずかしいもんだいも、すらすらとけました。

仙人《せんにん》のひげには、『知恵《ちえ》ぶくろ』が入っていました。知恵工場《ちえこうじょう》があって、ぱんぱんにふくれあがっていました。

このひげをエッちゃんは、『まん点ひげ』と名づけました。

さて、家につくと、おにさんたちから、速達《そくたつ》がきていました。

「何かしら…?」

エッちゃんがふうをあけると、赤と黄と青のしましまの紙がでてきました。

そこには、こう書いてありました。

〒 魔女《まじょ》さんとジンさんへ

あなた方の正体《しょうたい》が、やっとわかりました。『仙人《せんにん》』でしょう?
絵本で知ったのです。

また、あそびにきてください。むずかしいクイズを考えておきます。
（赤おに・黄おに・青おにより）

7 M《エム》の正体《しょうたい》ってなあに？

エッちゃんとジンは、サクランボ色のはこに仙人《せんにん》のひげをもどしました。すると、どうでしょう。

「ひげがきえたわ！」

エッちゃんがさけびました。

「ほんとうだ。そうか、わかったぞ！　ひげは使《つか》いおわったら、きえるしくみになってるんだ。」

ジンが、こうふんしてさけびました。

「だから、C《シイ》のひげも、なくなっていたんだ。どろぼうじゃなかったのね。」

「ああ、まずはひとあん心だ。スミーの発明品《はつめいひん》がぬすまれたとなると、大じけん。ハチのすをつついたようなさわぎになるところだった。」

ジンは、ほっとしたひょうじょうでいいました。

「もう、お昼ね。」

エッちゃんは、エプロンをつけると、すいはんきからひえたごはんをとりだしました。さくばんたいたのこりがあったです。

「そうだ！　オムライス。」

ゆびをパチンとならすと、やや大きめのフライパンを火にかけ、歌《うた》いだしました。

♪オムライスはね　こうしてつくるのよ
まずは鳥にくと玉ねぎいためましょう
色がかわったらオーケーのサイン
お次はひやごはんをまぜましょう
パラパラほぐしていれるのよ
とつぜんトマトケチャップダイビング
ごはんが夕やけ色にそまったら
さいごにたまごでつつみましょう

♪おさらにのせたらいいかんじ
たまごのお庭《にわ》は黄色いキャンバス
何かいいことないかしら?
そうだ! らくがきランランラン
しあげはケチャップでお絵かきルルル
うずまきお日さまでんでんむし
ブロッコリーをわきにそえたら
とくせいオムライスのでき上がり!

となりの部屋《へや》まで、おいしいかおりがただようと、ジンは、鼻《はな》をくんくんさせました。

「さあ、できた!」

たまごやきにつつまれたオムライスは、かがやいて見えました。

二人《ふたり》はむちゅうで食べました。なにしろ、朝はロールパンひとつだけ。

ジンはおなかがすきすぎて、めまいがしたほどです。おさらの上のオムライスは、あっという間にきえました。

魔法《まほう》でどこか遠くへとばしたのかって? いえいえ、けっして、魔法《まほう》ではありません。

しっかりと、二人《ふたり》の口をとおって、いぶくろに入りました。

「さて、今《こん》どはどれにする?」

ジンはぱんぱんのおなかをさすると、まんぞくそうなひょうじょうでたずねました。

「これは、どうかな?」

エッちゃんは、ほそくてやや小さめのひげをゆびさしていいました。

「いいね！　これならひきずらない。」

ジンは、うれしそうにいいました。

「ひげの先が、ほんのりなでしこ色にそまっているわ。なんて、きれいなのかしら…。きっと、このひげのもちぬしは、うんとおしゃれにちがいない。インドクジャクか、コブクチョウ、あるいは、そりがかりをつとめる赤鼻のトナカイ。それとも、アザラシにちがいない。」

エッちゃんは、ふるさとのトンカラ山にいた動物たちを思いだしていいました。

「おいおい、あんたがあげた動物には、ほとんどひげがない。あるのはたったひとつ。アザラシだけだ。アザラシは、英語でシールと発音して、スペルはｓｅａｌ《エスイーエイエル》。頭文字《かしらもじ》は、Ｓ《エス》になる。このひげのアルファベットはＭ《エム》なんだ。ざんねんだけど、ちがう。」

ジンは、首をよこにふっていいました。

「Ｍ《エム》のつく動物って何かしら？」

「うーん、そうだな…。もしかしたら、この動物は小さいんじゃないかな？」

「ジン、どうしてそんなことがわかるの？」

エッちゃんは、ふしぎそうな顔をしてたずねました。

「ひげが小さいのが、何よりのしょうこだ。とにかく、つけてみよう。」

「そうか！　ジン、あんた、たんていになれるかもよ。」

エッちゃんがこうふんしていいました。

「それくらい、だれだってよそうするさ。気づかないのは、あんたくらいのものだ。」

ジンがつぶやきました。

エッちゃんが、ひげを手にとった時、美しいひげはぴくりともせず、口の上にすいつきました。

「このひげ、あたしのことがすきみたい！」

エッちゃんは、にこにこしていいました。

「よし、次はぼくのばんだ。」

ジンが、口に近づけた時です。

美しいひげはジンのひげに近づくと、一しゅん、ぶるぶるっとふるえました。そして、バタンバタンと大あばれしました。

ジンは、ぷりぷりして、

「なんだ、こいつ！　しずかにしろよ。」

といって、自分《じぶん》の顔にむりやりつけました。その時、美しいひげは、いきおいよくゆかにジャンプしました。

「なんてことだ。」

ジンが、目をぱちくりさせていいました。

「ようすがおかしい。」

ひげをひろおうと手をのばした時です。

「そんな、ばかな？」

美しいひげは、あとかたもなく消えていました。

ジンは、ゆかをながめて、

（ぼくの目がわるくなったんだろうか？）

と、思いました。

「ジン、あんたのつけるひげがきえてしまったわ。いったい、どういうこと？」

エッちゃんが、おどろいていいました。

「やっぱり、あんたにも見えないか。目のせいじゃないってことだ。ふしぎなことがあるものだ。」

「ええ、そうね。」

「しんじられないかもしれないけど、ひげがぼくをいやがっているように見えた。そんなことがあるものだろうか？　あんたのは、スムーズについたというのに…。」

ジンは、頭をかかえてしまいました。

「元気だして！　ジン。あたしといっしょに出かけましょう。一人《ひとり》で家にいても、つまらないわ。」

エッちゃんは、ジンを元気づけるようにいいました。

「どこへ出かけようか？」

「どこだっていいよ。」

ジンは、美しいひげがきえてしまい、少々《しょうしょう》なげやりになっていました。

「そのへんを歩きましょう。」


二人《ふたり》がならんで歩こうとすると、エッちゃんのあしは、しぜんにぱたぱたかけだしました。とまろうと思っても、あしがとまりません。

「あんた、どこへいくんだい？」

ジンはおいかけました。すると、エッちゃんは、

「あたしだってわからない。あしがかってにうごきだすの。」

といって、ぐんぐん走りました。

「ぼくたち、きょうそうしてるわけじゃないんだ。さんぽだよ。こんなにいきおいのあるさんぽははじめてだ。もう少し、スピードをゆるめてくれるかい?」

ジンは、いきをあらげていいました。

「それができたら、とっくの前にやってる。できないから、走ってるんじゃないの。」

エッちゃんは、うしろをふりかえっていいました。

「なぜ、できないんだ? 自分《じぶん》の頭で思っていることができないなんて、少しへんだよ。動物の体は、頭の中でめいれいしたことを行動にうつせるようになっている。のうが体の動きを支配《しはい》しているんだ。」

ジンは、体のしくみを話しました。

「ジンがいう通《とお》りだとすると、きっとあたしはへんなのよ。ひげをつけたら、こうなったの。頭のコンピューターが、こしょうしたのかもしれないわ。とにかく走ってしまう。」

「そうか、わかった。ところで、ぼくは、もうげんかいだ。これいじょう、走れない。わるいけど、とまるよ。あとは、あんた一人《ひとり》でどこへでも行ってくれ!」

ジンはスピードをゆるめ、とまりました。

心ぞうはどきどきして、ばくはつしそうなほどです。こうえんの草の上にねころがったまま、しばらくじっとしていました。

ジンは運動しんけいはばつぐんでしたが、持久力《じきゅうりょく》にひどくとぼしかったのです。しなやかなダッシュやジャンプは、見ていてほれぼれするほどでしたが、長く歩いたり走ったりするとすぐにばてててしまいました。

ネコたちの百メートルは、人間にとっての二キロメートルにあたるといいます。でも、ほとんどのねこたちは、人間といっしょに歩くことがないので、この事実に気づいていません。

というわけで、ジンはすぐにばてててしまったのです。

するとどうでしょう。エッちゃんのスピードもゆるみ、とうとうとまりました。

「あらまっ、どうしたのかしら…？　とつぜん、あしがとまったわ。」

エッちゃんは、おどろいていいました。

（あたしったら、ジンのすがたを見ると、にげだしたくなるのよね。そのしょうこに、ジンがおいかけてこなくなったら、とまったわ。なぜなんだろう？）

心の中に、この『なぜ』が、まるで、しゃぼん玉のように、何どもわきあがってはきえ、わきあがってはきえしました。

でも、いくら考えても、なぜの答えは見つかりませんでした。


エッちゃんがてくてくてくと歩いていくと、
ウシさんに会いました。ウシさんは、エッちゃんのひげを見ると、

「あなたは、わたしのひとつせんぱい。これは、さっきしぼったばかりなの。」

といって、しんせんなミルクをコップいっぱいさしだしました。エッちゃんは、きょとんとした顔で、

「あたしが、ウシさんのひとつせんぱい？　そうだったかしら？　でも、ミルクは大こうぶつなの。」

というと、にこにこしてミルクをうけとりました。


エッちゃんがてくてくてくと歩いていくと、トラさんに会いました。トラさんは、エッちゃんの

ひげを見ると、

「あなたは、わたしのふたつせんぱいだ。これは、自分《じぶん》の毛皮でつくった。」

といって、黄色と黒のシマの手ぶくろを二つさしだしました。エッちゃんは、きょとんとした顔で、

「あたしが、トラさんのふたつせんぱい？　そうだったかしら？　でも、手ぶくろはうれしいわ。」

というと、にこにこして手ぶくろをうけとりました。


エッちゃんがてくてくと歩いていくと、ウサギさんに会いました。ウサギさんは、エッちゃんのひげを見ると、

「あなたは、わたしのみっつせんぱいね。きのうのばん、まんげつでもちつき大会があったの。」

といって、つきたてのおもちを三つさしだしました。エッちゃんは、きょとんとした顔で、

「あたしが、ウサギさんのみっつせんぱい？　そうだったかしら？　でも、おもちはうれしいわ。」

というと、にこにこしておもちをうけとりました。


エッちゃんがてくてくと歩いていくと、タツさんに会いました。タツさんは、エッちゃんのひげを見ると、

「あなたは、わたしのよっつせんぱいだ。いつも立っているから、これはひつようないのさ。よかったら、もらっておくれ。」

といって、ふわふわのクッションを四つさしだしました。エッちゃんは、きょとんとした顔で、

「あたしが、タツさんのよっつせんぱい？　そうだったかしら？　でも、クッションはうれしいわ。」

というと、にこにこしてクッションをうけとりました。

エッちゃんがてくてくと歩いていくと、ヘビさんに会いました。ヘビさんは、エッちゃんのひげを見ると、

「あなたは、わたしのいつつせんぱい。これは、やけどした時にはるといいわ。」

といって、うろこもようのシップやくを五まいさしだしました。エッちゃんは、きょとんとした顔で、

「あたしが、ヘビさんのいつつせんぱい？　そうだったかしら？　でも、シップやくはうれしいわ。」

というと、にこにこしてシップやくをうけとりました。


エッちゃんがてくてくと歩いていくと、ウマさんに会いました。ウマさんは、エッちゃんのひげを見ると、

「あなたは、わたしのむっつせんぱい。これは、じまんのしっぽでつくったんだ。」

といって、げんが六本のバイオリンをさしだしました。エッちゃんは、きょとんとした顔で、

「あたしが、ウマさんのむっつせんぱい？　そうだったかしら？　でも、バイオリンはうれしいわ。」

というと、にこにこしてバイオリンをうけとりました。


エッちゃんがてくてくと歩いていくと、ヒツジさんに会いました。ヒツジさんは、エッちゃんのひげを見ると、

「あなたは、わたしのななつせんぱいよ。これは、夜なべであんだの。」

といって、マフラーを七つさしだしました。エッちゃんは、きょとんとした顔で、

「あたしが、ヒツジさんのななつせんぱい？　そうだったかしら？　でも、マフラーはうれしいわ。」

というと、にこにこしてマフラーをうけとりました。

エッちゃんがてくてくと歩いていくと、オサルさんに会いました。オサルさんは、エッちゃんのひげを見ると、

「あなたは、わたしのやっつせんぱいだ。これは、はちみつ山でとれた、まぼろしのくだもの。」

といって、みつ入りバナナを八本さしだしました。エッちゃんは、きょとんとした顔で、

「あたしが、オサルさんのやっつせんぱい？　そうだったかしら？　でも、バナナはうれしいわ。」

というと、にこにこしてバナナをうけとりました。

エッちゃんがてくてくと歩いていくと、トリさんに会いました。トリさんは、エッちゃんのひげを見ると、

「あなたは、わたしのここのつせんぱいね。今朝《けさ》うんだばかりなの。大ふんぱつして、黄身はとく大、白身はぬいてあるわ。」

といって、うみたてたまごを九つさしだしました。エッちゃんは、きょとんとした顔で、

「あたしが、トリさんのここのつせんぱい？　そうだったかしら？　でも、たまごはうれしいわ。」

というと、にこにこしてたまごをうけとりました。

エッちゃんがてくてくと歩いていくと、イヌさんに会いました。イヌさんは、エッちゃんのひげを見ると、

「あなたは、わたしのとおせんぱい。さっき道ばたでつんだの。これは、わたしたちの草よ。」

といって、モーブ色したイヌフグリを十本さしだしました。エッちゃんは、きょとんとした顔で、

「あたしが、イヌさんのとおせんぱい? そうだったかしら? でも、イヌフグリはうれしいわ。」

というと、にこにこして花たばをうけとりました。


エッちゃんがてくてくと歩いていくと、イノシシさんに会いました。イノシシさんは、エッちゃんのひげを見ると、

「あなたは、わたしの十一せんぱい。さっきこんなものひろったんだ。でも一まいやぶけちゃった。」

といって、十一月までのカレンダーをさしだしました。

エッちゃんは、きょとんとした顔で、

「あたしが、イノシシさんの十一せんぱい? そうだったかしら? でも、カレンダーはうれしいわ。」

というと、にこにこしてカレンダーをうけとりました。


エッちゃんがてくてくと歩いていくと、むこうから、また、一ぴきの動物がやってきました。

その動物は、エッちゃんのひげを見るなり、

「あなたは、わたしと同じ年。なかよくしよう。」

といって、ぽんぽんはずみました。エッちゃんは、きょとんとした顔で、

「あたしが、あなたと同じ年? そうだったかしら? でも、なかよくしましょう。」

というと、動物を手のひらにのせました。

エッちゃんは、動物のひげを見て、とつぜんさけびました。

「あらまっ、あたしとおんなじ!」

さあ、ここで、もんだいです。

エッちゃんの手のひらにのっている動物は、いったいなんでしょう?


すぐに答えがわかった人いるかな? 君は、とんちにつよい人です。

それから、『十二支《じゅうにし》』がすらすらいえるでしょう。

十二支《じゅうにし》とは、暦法《れきほう》で『子《ね》、丑《うし》、寅《とら》、卯《う》、辰《たつ》、巳《み》、午《うま》、未《ひつじ》、申《さる》、酉《とり》、戌《いぬ》、亥《い》』のしょうです。

子はネズミ、丑はウシ、虎はトラ、卯《う》はウサギ、辰《たつ》はタツ、巳《み》はヘビ、午《うま》はウマ、未《ひつじ》はヒツジ、申《さる》はサル、酉《とり》はトリ、戌《いぬ》はイヌ、亥《い》はイノシシをあらわします。

十二支《じゅうにし》がわからないと、このもんだいはわからないかもしれません。でも、がっかりしてはいけません。

ちんぷんかんぷんの君のために、ここで、大きなヒントをひとつだけだします。この動物は、ねこを見るとにげだします。

ここまでいえば、もうおわかりでしょう? もしかしたら、三さいのぼくもわかったかもしれませんね。

それでは、答えを書きます。エッちゃんの手のひらにのっている動物は、『ネズミ』でした。

ネズミ年生まれの人は、ウシ年うまれの人より一さい年上、トラ年うまれの人より二さい年上、ウサギ年生まれの人より三さい年上になります。同じようにけいさんすると、イノシシ生まれの人より十一さい年上ということになります。

ねずみを英語で『マウス』と発音します。スペルは、『mouse《エムオーユウエスイー》』で、頭文字《かしらもじ》はM《エム》となります。

ひげのそばに書いてあった頭文字もM《エム》。ぴったしかんかんです。

エッちゃんはネズミのひげをつけたので、ジンを見てにげだしたのです。ネズミたちの間には、

「ネコはきけんである。」

というじょうしきがあります。

ですから、ネズミたちは、ネコを見つけるとにげだします。にげあしの速さは、ばつぐんです。

いつの間にか、ネズミはネコを見つけたらにげるのがじゅうかんになりました。ネズミたちの間では、合い言葉で『ネコダッシュ』とよばれています。

ネズミのひげには、『ネコダッシュ』のしゅうかんが入っていました。ダッシュ工場があって、かけっこが速くなるくすりがつくりだされていました。


エッちゃんは、たくさんのプレゼントをかついで帰りました。

「このひげのおかげで、とうぶん、かいものはしなくていいわ。あたし、バイオリンでもならおうかしら…。」

エッちゃんははずんでいいました。すると、ジンは、

「あんたはいいよな。それにひきかえ、ぼくはひげがきえちゃって…。あーあ、つまらなかった。」

と、がっくりとかたをおとしました。

その次のしゅんかん、ジンはとつぜん、

「あのひげは、ネズミだったんだ！　だから、ぼくからにげだしたんだ。」

と、さけびました。

このひげを、エッちゃんは、『プレゼントひげ』と名づけました。

8　D《ディー》の正体《しょうたい》ってなあに？

「やっぱりなくなっちゃった！」

エッちゃんがさけびました。

サクランボ色のはこにネズミのひげをもどしたしゅん間、ひげはきえました。

「ひげは使いおわったら、きえるんだ。そんなにおどろくことはない。」

ジンがしずかにいうと、エッちゃんは、

「だって、もう一どつけたかったの。」

と、がっかりしていいました。

「世の中、そんなあまくはないよ。あんたはちょうしがいいんだから…。」

ジンは、あきれかえっていいました。

「さて、次はどれにする？」

ジンは、目をぱちぱちさせてたずねました。

「えっ、まだやる気？　今日《きょう》は、朝から二つもつけたのよ。一日にみっつは、いくらなんでも、つけすぎじゃない？　楽しみが一どにきえてしまうわ。」

エッちゃんは、まるでしんじられないといった口ぶりでいいました。

「だって、まだ三時だよ。時間はたっぷりある。それに、あんた、明日《あした》は学校だ。ひげなんかつけて行けないだろう？」

「そうか、あたし、学校なんだ！　今日《きょう》、もうひとつだけつけてみようかな。」

ジンにいわれると、エッちゃんは、だんだんその気になってきました。

「そうしようよ！」

「そうするわ！」

「さすが！　ぼくのあいぼうだ。」

ジンは、うれしそうにさけびました。

　じつは、ネズミのひげがきえたショックで、このままではぐっすりねむれない気がしたのです。

「ジン、これにしよう！」

エッちゃんは、黒々《くろぐろ》としたのりのようなひげをゆびさしていいました。

「あははっ、これはゆかいだ！　ひげの先がくるりっと上をむいて、まるで、マジシャンみたいだ。あははっ…。なんだか楽しくなってきたぞ。」

ジンは、はらをかかえてわらいました。

「わらってばかりいると、ひげがにげちゃうよ。ジン、今《こん》どは、いっしょにつけてみようか。セーノー。」

エッちゃんは、のりのようなひげを手にとっていいました。

「ちょっとまってくれ！　セーノー。」

ジンもあわててひげをとり、かけ声をかけました。


さて、どうだったでしょう。ひげは、しっかりとついたでしょうか？

ご心ぱいなく。二人《ふたり》の口の上には、黒々《くろぐろ》としたひげがぴったりとつきました。

「あははっ、あははっ、あははっ…。あんたの顔、えへへっ…。」

「ぷっ、ジンの顔ったら…。」

エッちゃんとジンは、おたがいに顔を見あわせて大わらいしました。

「ところで、このひげのもちぬしはだれなんだろう？」

「あたしたち、あんまりあわてて、アルファベットを見るのをわすれていたわ。」

エッちゃんは、サクランボ色のはこをのぞきこむと、

「アルファベットはD《ディー》って書いてあるわ。D《ディー》って何だと思う？」

と、首をかしげていいました。

「D《ディー》のつく動物は、ドッグ、ドラゴン、ドンキホーテ…。」

ジンは、次々《つぎつぎ》と思いつくものをあげました。

「あんたってすごいわ。よく知ってる。だけど、このひげはイヌじゃない。ドラゴンは口から火をふく、そうぞう上の動物。ひげはあったかわからないけど、決してこんなひげじゃないわ。ドンキホーテって、だれかが書いたしょうせつでしょう。えっと、だれだっけ…？」

「スペインの作家、セルバンテスだよ。主人公のドン・キホーテがやせ馬にまたがり、騎士《きし》しゅぎょうにでかける話。たしか、ドン・キホーテには、りっぱなひげがついていたときおくしている。」

ジンは、しっぽの先だけを動かしていいました。

これは、重大なことを考えている時のしぐさです。

「あんたのしっぽって、ふしぎね。うれしい時はぴんとたってるのに、がっかりした時はだらんとたれる。そして、きげんのわるい時はぷるぷるゆれて、いかりが、ばくはつすんぜんになると、ぶんぶんはげしくゆれる。まるで、しっぽに心がついてるみたいだわ。」

「あははっ、しっぽに心はないさ。だけど、思わず、かんじょうが出てしまうんだ。もう少しがまんして、かくしてくれたらいいんだけど…。」

ジンは、はずかしそうにいいました。

「自分《じぶん》じゃ、ちょうせつできないんだ。」

「そんなことより、どこかへでかけよう。」

「ええ、でも三時すぎだから、あまりとおくへは行けないわね。」

エッちゃんが、こまったひょうじょうをしました。

その時、二人《ふたり》の会話を聞いていたほうきのばあさんが、

「そんなことなら、わしにおまかせ。いいところがある。」

と、にこにこしていいました。

「ほんとう?」

「ああ、ほんとうさ。」

ほうきのばあさんは、力づよくいいました。でも、それは、たんなるでまかせでした。ほんとうは、あんまり天気がいいので、もうひとっとびしたいと思っていたのです。

「さあ、おのりよ。」

ほうきのばあさんが外にとびだすと、二人《ふたり》もあわてておいかけました。


エッちゃんとジンがほうきにまたがると、すぐにうきあがり、びゅんびゅんスピードをあげました。すると、下界《げかい》から、あまいバターのかおりがぷんぷんとにおってきます。

ほうきのばあさんはたまらなくなって、

「あそこだよ!」

というと、かおりのするたてものめざしてつきすすみました。

着地したところは、赤レンガでできたお店の前です。かんばんには、『りゅうちゃんのこだわりパンやさん』と書いてありました。お店には、こんなはりがみがありました。

♣ お客さまへ
とくせいのフランスパンは、一日に百こだけのげんてい品です。まことにもうしわけありませんが、先着百名さままでとさせていただきます。

ほかのパンは、ご自由にお買いもとめください。

（店主りゅう）


お客さんが、長いぎょうれつをつくっています。

「パンのセールでもあるの?　すごい人ね。」

エッちゃんが、そばにいたおばあさんと二人《ふたり》の女の子にふしぎそうな顔でたずねました。

「いや、セールじゃないさ。」

おばあさんは、手をよこにふりました。

「それじゃ、なあに?」

「この店のフランスパンはとってもおいしいんじゃ。一どでも、ここのパンを食べた人は、このあじがわすれられなくなって、また買いにやってくる。」

おばあさんは、うっとりしたひょうじょうでいいました。

「そんなにおいしいの?」

「そうよ。だって、ゆめがみれるんだもの。ひと口食べると、いやなことをわすれて、とってもいい気もちになるの。ねっ、おねえちゃん?」

ショートカットのいもうとが、ひとみをまんまるにしていいました。

「ぜっ品《ぴん》よ。ここのフランスパンは、ただおいしいだけじゃない。ハートがびりびりしびれあがって、しあわせ気分《きぶん》になるの。」

ロングヘアーのあねが、やっぱりひとみをかがやかせていいました。

「ときちゃんやちほちゃんのいう通《とお》りさ。おかげで、うちの家ぞくは、ここのパンを食べるのがしゅうかんになったよ。きのう、わしは、三年前死《し》んでしまったじいさんに会ったよ。はじめてデートした土手で、手をつないで歩いたゆめじゃった。」

というと、おばあさんは、耳をほんのり赤くそめました。

「おばあちゃんたら、ずるい！　ないしょにしてたんだ。」

ちほちゃんが、大きな声でいいました。すると、ときちゃんが、

「ちほ、じつは、わたしも、ないしょにしてたことがあるの。」

と、いいました。

「えーっ？　おねえちゃんまで…。ずるいよ。いったいなあに？」

ちほちゃんが、なきだしそうな顔でいいました。

「あのね、サラに会ったの。」

「サラ？」

エッちゃんがたずねました。

「サラっていうのは、さく年死《し》んでしまった犬なの。とってもかしこい犬だった。おそうしきの時は、家ぞくでわーわーないて、そりゃあ大へんだった。そのサラに、お花ばたけで会ったの。いっしょにおいかけっこをしたわ。」

ときちゃんが、ついせんだって見たゆめを思いだしていいました。

「いいんだ。わたしだって、今日《きょう》、ぜったいサラのゆめを見る。」

ちほちゃんが。ほっぺをぷくっとふくらませていいました。

「そのフランスパン、あたしも食べてみたいな。」

エッちゃんがいいました。

「ぼくも食べたい。」

ジンがいいました
「わしもじゃ。」

ほうきのばあさんがいいました。

　お店の中では、白いぼうしをかぶった男の人が、たった一人《ひとり》でパンをやいていました。名前《なまえ》は、『りゅう』といいました。

「ああ、いそがしい！　いそがしい！」

白いぼうしからはあせがにじみ出し、色がかわっています。

　りゅうちゃんは、てっぱんの上に、小さくまるめたパンを一つひとつかぞえ、ていねいにならべていきました。

「九十九、百。よし！」

というと、今《こん》どは、そのてっぱんをねっしたかまどに入れました。

　部屋《へや》中があまいかおりにつつまれると、

「よし、できた！」

といって、てっぱんをとりだしました。ふっくらときつね色にやきあがったフランスパンが、いっせいに顔をだしました。

「お客さま、おまたせいたしました。さあ、どうぞ！」

へびのようにならんでいたお客さんが、ぞろぞろとお店に入ってきました。

　りゅうちゃんは、やきあがったばかりのフランスパン一つひとつをふくろに入れると、

「やけどしないでくださいね。」

といいながら、お客さんにわたしました。

「あっちっち。これがたまらんのじゃ。」

「今日《きょう》は買えた。子どもたちは、どんなに、よろこぶことでしょう。」

「明日《あした》はママのたんじょう日。プレゼントにするの。」

「今《こん》ばんは、どんなゆめが見れるかな?」

お客さんたちは、口々《くちぐち》につぶやきながら、パンをだいて帰りました。

りゅうちゃんは、お客さんたちのよろこんでいるすがたを見ると、つかれがふきとんでいきました。

ときちゃんとちほちゃんとおばあさんが、パンをうけとると、りゅうちゃんは、

「ありがとうございました。本日のパンは、これにてしゅうりょうです。」

といって、頭をさげました。

「そんなことって!」

エッちゃんはがっかりして、そのばに、しゃがみこんでしまいました。ジンもほうきのばあさんも、一気に、しおれたようになりました。

「お客さん、すみませんでした。どうか、元気をだしてください。」

といいながら、お店のいすにエッちゃんをすわらせました。

その時です。とつぜん、りゅうちゃんがさけびました。

「あれっ? そのひげは…。」

「このひげが、どうかしたのですか?」

エッちゃんが、ちんぷんかんぷんの顔でたずねました。

「そのひげは、わたしとつまのものです。」

「何かのまちがいじゃ？」

「いえ、まちがいはありません、わたしのひげは、左にしらがが一本まじっているのです。まさに、あなたがつけているものがそれです。つまのものは、さいきんパーマをかけ、少しだけウェーブがかかっていた。おつれのねこさんがつけているものです。しかし、なぜあなたがたが？」

りゅうちゃんが、目をぱちくりさせていいました。

「わけあって、十日間だけ、ナマズ魔女《まじょ》からかりたのです。」

エッちゃんが、しょうじきにこたえました。

「てことは、あなたも魔女《まじょ》？」

「ええ、しゅぎょう中の魔女《まじょ》です。名前《なまえ》は、エツコ。エッちゃんてよんで。」

「そうですか。あなたは魔女《まじょ》さんでしたか。どうりで、人間たちとは、どこかちがうとかんじたわけです。」

「どうしてわかったの？」

エッちゃんは、おどろいていいました。

「あははっ、ただのかんですよ。わたしも人間じゃないものですから…。」

りゅうちゃんは、わらっていいました。

「人間じゃない？」

「ええ、そうです。すがたは人間に見えますが、ちがいます。」

「何かわけがありそうね。」

エッちゃんがいうと、りゅうちゃんはうなずきながら話しはじめました。

「ちょうど、二日前のことでした。朝、顔をあらおうとかがみを見たら、ひげがなくなっているじゃありませんか。おどろいてつまのところへ行くと、やっぱり、つまのひげもなくなっていました。つまは、ショックをうけ、ねこんでしまいました。わたしたちにとって、ひげは、いのちと同じくらい大切《たいせつ》なものだったのです。」

「いのちと同じくらい大切《たいせつ》?」

「ええ、そのひげのおかげで、パンがおいしくやけるのです。パンにとっておいしさがいのち。おいしくないパンなど、パンとはいえませんからね。」

りゅうちゃんが、エッちゃんのひげをゆびさしていいました。

「おっしゃられていることが、あたしにはよくわからないわ。まさか、ひげが、パンをやくわけじゃあるまいし…。ひげなんて、あってもなくても同じでしょう?」

エッちゃんが、たずねました。

「それが大ありなのです。少し長くなりますが、順《じゅん》をおってせつめいしましょう。聞いてくださいますか?」

「ええ、もちろん。」

「じつは、わたしたちしゅぞくは、大むかしから人間たちにおそれられています。ごせんぞさまから代々《だいだい》受けついだ、血《ち》をぬきとるというしゅうせいが、そうさせたのでしょう。わたしは、人間たちと友だちになりたいと思っていましたので、ある日、血《ち》をぬきとる練習《れんしゅう》をさぼってしまいました。そしたら、えんま大王さまがいかりくるって…。」

「いかりくるってどうしたの？」

エッちゃんはむねがどきどきして、くるしくなりました。

「こういったのです。『お前は、じごくでは役にたたない。どこかへ行ってしまえ！』と…。そして、わたしをわしづかみにすると、いきおいよく宇宙《うちゅう》のかなたになげました。すると、うまいぐあいに、人間たちのいるこの地球《ちきゅう》におちました。どんなにうれしかったことでしょう。つまもまた、練習《れんしゅう》をさぼり、わたしと同じけっかになりました。それから、二人《ふたり》で、パンやさんをはじめたのです。早いもので、あれから、もう十年がたってしまいました。」

りゅうちゃんは、目をほそめ、とおいむかしを語りました。

その時、バタンと戸があいて、きものすがたの女の人が顔をだしました。みょうに青白い顔をしています。

しんしつで、よこになっていたおくさんでした。話を聞いておきてきたのです。

「あなた、わたしたちのひげがあったってほんとう？」

「ああ、見つかったよ。」

りゅうちゃんは、にこにこしてうなずきました。

「あたしたちが、これをかりたのも、ちょうど二日前だったわ。きっと、このひげはあなたたちのものね。おかえしするわ。」

エッちゃんがひげをわたすと、りゅうちゃんはすぐにつけてみました。

「りゅうちゃんの顔にぴったりじゃ。よくにあう。」

ほうきのばあさんが、かん心して目をほそめました。

ジンはひげをとると、おくさんにわたしました。おくさんは、かがみを見ながらゆっくりとひげをつけました。

「やっぱりよくにあう！」

また、ほうきのばあさんが、かん心して目をほそめました。

「あなた、これで、また、二人《ふたり》でパンやさんのしごとができる。」

おくさんが、白いぼうしをかぶってうれしそうにいいました。


「ところで、ここのフランスパンは、どうやってつくっているのですか？　食べると、いやなことをわすれ、ゆめが見れるって、とてもふしぎ！」

エッちゃんがたずねると、りゅうちゃんは身をのりだすようにしていいました。

「じつは、わたしたちのからだには、生身《なまみ》の人間たちから血《ち》をぬきとるしゅうかんがあることは先ほどお話ししました。ところが、その練習《れんしゅう》をさぼったため、わたしたちのからだからは、そのしゅうかんがぱったりきえました。」

「しゅうかんも、つづけていなければ、なくなってしまうってことね。」

エッちゃんが、目を光らせていいました。

「ええ、わたしたちも、はじめはおどろきました。でも、血《ち》なんかぬきたくなかったので、かなしいどころかとってもうれしかったわ。」

おくさんが、にっこりしました。

「ある日、ふしぎなことがおこりました。血《ち》のかわりに、『記憶《きおく》』をぬきとることに、せいこうしたのです。わたしたちは、ストレスがたまっている人間たちをすくおうと話し合いました。もし、いやな記憶《きおく》をわすれることができれば、毎日、明るく生活できます。そこで、パンやさんをはじめたのです。」

りゅうちゃんは、むかしをふりかえっていいました。

「どうやって記憶《きおく》をとるの？　まさか、頭をわってのうみそをとりだすんじゃ…。」

エッちゃんが青い顔をしてたずねると、おくさんは、

「こっこわい！　そんなこと、だれがするものですか。わたしたちは血《ち》が大きらいなんですよ。」

おくさんは、耳をふさいでいいました。

「あたしったら、いいすぎたみたい。」

エッちゃんが頭を下げると、りゅうちゃんはおくさんのかたをさすりながらいいました。

「ごめんなさいよ。こいつはとってもおくびょうなんです。こわい話をしただけで、すぐにこうなってしまう。もう大じょうぶだよ。」

というと、ようやく顔をあげました。

「ただ、ひげをつけたままパンをやくだけでいいのです。ひげの中にあるせいぶんが、からだのさいぼうをながれ、手までとどきゆび先までくると、パンの生地《きじ》の中にしんとうしていきます。」

りゅうちゃんは、じまん気にひげをゆびさしました。


　このようすを、お店のまどからのぞいていた姉妹《しまい》がいました。そう、ときちゃんとちほちゃんです。

　この二人《ふたり》は、何でもきょうみしんしん。ふしぎなことがおこると、どこへだってとびだしていきます。

「おねえちゃん、わたしたち、このお店のひみつ知っちゃった。みんなにおしえたら、きっとお

どろくだろうな。」

　ちほちゃんが、いいました。

「ちほ、ぜったい、だれにもいっちゃだめ。でないと、人間たちはこわがって、このお店にこなくなる。二人《ふたり》だけのひみつよ。」

ときちゃんは、ちほちゃんとゆびきりげんまんをしました。

　ちほちゃんとときちゃんは、家に帰ると、ママにいいました。

「あのね。さっき、パンやさんで、魔女《まじょ》さんとねこさんに会ったよ。でも、魔女《まじょ》さんたち、百一人目で買えなかった。」

「あのね、わたしたちが、ちょうど百人目だったの。」

二人《ふたり》は、それだけいうと、部屋《へや》にかけこみました。それ以上《いじょう》いると、ひみつをしゃべってしまいそうだったのです。

　さあ、ここで、もんだいです。

りゅうちゃんとおくさんの正体《しょうたい》は、なんでしょう?

　もうみなさん、もうおわかりでしょう?　人間たちの血《ち》をすうという悪魔《あくま》といえば、答えは、『ドラキュラ』です。

　ドラキュラのスペルは『dr《ディーアール》 acula《エイシイエルエイ》』で、頭文字《かしらもじ》は、D《ディー》となります。ひげのそばにあったアルファベットと同じです。

　ドラキュラのひげには、ほんらいの、『血《ち》をぬきとる』というしゅうかんのかわりに、『記憶《きおく》をぬきとる』というしゅうかんが入っていました。りゅうちゃんふうふは、かんたんに、『記憶《きおく》どろぼう』とよんでいました。記憶《きおく》ぬきとり工場では、わるいことをわすれさせて、ハッピーなゆめがみられる魔法《まほう》のくすりがつくりだされていました。

エッちゃんは、このひげを、『ドリームひげ』と名づけました。

何日かすると、エッちゃんの家に、大きなダンボールばこがとどきました。さしだし人は、ちほちゃんとときちゃんです。

「何かしら…？」

どきどきしながらはこをあけると、中から、フランスパンやブドウと木の実入りパンや生クリームつきパンが、どっさりとびだしました。

「りゅうちゃんのやいたパンだわ！」

「ねんがんのパンだ！」

二人《ふたり》はうれしくなって、ぽんぽんとびはねました。

そのばん、ジンは、トンカラ山にいたはつこいのねこのゆめをみていました。エッちゃんは、うふふっとえみをこぼしています。

一体どんなゆめをみているのでしょうね。

数日すると、ときちゃんから詩がとどきました。こんな詩です。

フランスパン
たかはし　ときこ
フランスパンは

他のパンと
パンやきがまがちがうんだとさ

そこらのパンとはちがうのさ
同じになんかされたくないね
同じじゃいいあじでないのさ
とくべつでなきゃだめなのさ

鼻《はな》もちならないフランスパン
それならわたしが食べてやる
そんなにいうならうまいんだろうな
がぶっ

9　L《エル》の正体《しょうたい》ってなあに?

かがみの前で歯みがきしながら、エッちゃんはつぶやきました。

「今日《きょう》は月よう日。一しゅう間のはじまりだわ。学校じゃ、いくら何でもひげはつけられない。使用期限《しようきげん》は、あと八日か…。どんなことがあっても、のこりのひげを使いきらなくちゃ。スミーが、あたしのために、もってきてくれたんだもの。だけど、らいしゅうの日よう日までまってたら、ひげは、全部《ぜんぶ》使いきれ

なくなるわ。どうしよう?」

「きまってるじゃないか。ほうかごつかえばいい! 子どもたちが帰るのは、午後三時。休みをもらって、いっしょに帰ってくればいい! ひげはあと四つだろう?」

ジンは、明るい声でいいました。

「そうか、ジン、あんたって、ほんとうに頭がいいわ。」

エッちゃんは、るんるんとはずんで学校へ行きました。

「魔女《まじょ》先生、何だかとってもたのしそう。」

なみきちゃんがいいました。

「ちょっとね。」

「ちょっと、どうしたの?」

「どきどきすることがあるの。」

「どきどきすることってなあに?」

「それはね、ひげをつけると…。」

魔女《まじょ》先生は、ここまでいうと、あわてて口をおさえました。

　あぶない、あぶない! もう少しで、あやうくしゃべってしまうところでした。

「ひげ? ひげなんてついてないよ。魔女《まじょ》先生ったら、へんなの。」

なみきちゃんは、そういうと、校庭《こうてい》へかけだしていきました。

「魔女《まじょ》先生、いいことあったでしょう? 何だかうきうきしてる。」

今《こん》どは、てつや君がやってきていいました。

「いいことなんてないわよ。あるとすれば、君たちと会えたってことかな。」

「いつも会ってるじゃないか。」

「いつも会ってても、うれしいものなの。」

「そんなものかなあ？」

てつや君が、首をかしげました。


「さようなら。」

帰りの会がおわると、ランドセルをかついだ子どもたちは、次々《つぎつぎ》とすがたをけしていきました。

エッちゃんもとぶように帰りました。

「おかえり！　早かったじゃないか。」

ジンは、目をまるくしていいました。

「えへへっ、朝から、この時間をまってたんだもの。」

エッちゃんは、こん色のスーツをぬぎすてると、オーバーオールにきがえました。

「さっそく、行動かいしよ。どれにしようかな？　よしきめた！　これにするわ。」

エッちゃんは、一ばん上にあった白いひげをゆびさしていいました。

「これは、悪魔《あくま》ワールドへ行った時、つけたひげによくにてる！　あれは、たしか仙人《せんにん》のものだった。これは…？　うーん。」

ジンは、首をひねりました。

「仙人《せんにん》の弟だったりして。まさかね。でも、ありえないことはないわよね。」

エッちゃんが目をかがやかせていうと、ジンはサクランボ色のはこをのぞきこんで、

「アルファベットは、Ｒ《アール》か。仙人《せんにん》の時は、Ｈ《エイチ》だったじゃないか。やっぱりちがうよ。」

と、いいました。よく見ると、ひげの中にはこまかい木くずがまじっています。

「何だか、ほこりっぽいわね。とにかくつけましょう。時間がないもの。」

エッちゃんが、小さな木くずを見つけていいました。

「ぼくたちは、いつも時間がない。もう少しよゆうをもって生活したいな。」

ジンが、つぶやきました。


二人《ふたり》はひげを手にとると、口に近づけました。すると、どうでしょう。ひげは口の上ではなく、あごにぴったりとすいつきました。

「あははっ、なんだか、ヤギさんになったみたいだ。」

「ほんとうだ。ヤギさん、そっくりだよ。」

二人《ふたり》は、しばらくわらっていました。

「ジン、ところで、ヤギって英語で何ていうの？」

エッちゃんがたずねました。

「えっと、ゴウトと発音して、スペルは『ｇｏａｔ《ジイオーエイティー》』。頭文字《かしらもじ》はＧ《ジイ》になる。」

「そうか、このひげ、ヤギさんのものじゃないわね。」

「そうだな。さあ、でかけよう。」

「どこにしよう？」

「どこだっていいよ。」

ジンがこたえた時、ほうきのばあさんが、

「おばばにおまかせ。」

といって、足元にとんできました。なんて、じごく耳なんでしょう。

　空をとんでいると、トンチンカンチンと大きな音が聞こえてきました。下を見ると、にぎやか森に、ブタさんがあつまって何かつくっています。

「あれは、いったい何じゃろう？」

ほうきのばあさんは、その音を聞いているうちにむずむずしてきました。気になると、つきとめないではいられないせいかくです。

「よし、あそこへ行こう！」

というと、スピードをあげてつきすすみました。タカのたんきょりせんしゅが、

「ばあさんのくせに、ぼくより速いなんて、ゆるせない。」

というと、となりにやってきて、きょうそうになりました。

　ほうきのばあさんは、まけずぎらいな性格《せいかく》です。ますますスピードをあげました。

「どうじゃ。タカ君。」

とじまん気にいうと、すいすいとおいぬきました。タカは、

「ま、まけるものか。」

と力みましたが、スピードがおいつかず、どんどんおくれてしまいました。

「ははは、タカのやつ、わしにかてんと思ってにげたな。」

とかちほこっていうと、うしろをふりむき、

「タカ君、もっときたえなさいよ。その時、またしょうぶしよう。」

とさけびました。そのしゅん間、ほうきがぐらっとゆれました。

「キャー！」

「ギャギャギャフーン!」

エッちゃんとジンは、こわくなってひめいをあげました。

二人《ふたり》が目をぎゅっととじていると、ようやくほうきがとまりました。

「ついたよ。」

「ああ、ぶじでよかった。」

エッちゃんは、ほっとしてむねをなでおろしました。

その時です。ほうきのばあさんは、顔をゆがめて、

「おばばは、ちょいと休けいじゃ。」

というと、そのばにしゃがみました。

きっと、タカときょうそうしてつかれたのでしょう。

まわりの木々《きぎ》は、すっかり、ころもがえをしていました。赤や黄色のドレスに身をつつみ、まるで、美しさじまんをしているようです。

森の広場では、三びきのぶたさんたちが、カンナやかなづちをもって、木をけずったりくみあわせたりしていました。

「こんにちは! これは、なあに?」

エッちゃんがたずねました。

「魔女《まじょ》さんじゃないか!」

三かくぼうしをかぶったぶたさんが、おどろいていいました。

「えっ、あたしのこと知ってるの?」

エッちゃんも、おどろいていいました。

「この森にぽかぽかの春がやってきたころ、ぼくは、町までケーキを買いにいった。そこで、なみきちゃんていう名前の女の子に会った。その子が、『わたしたちの先生は魔女《まじょ》なの。すごいでしょう。』っていうものだから、学校まで見に行ったんだ。どきどきしたよ。」

三かくぼうしをかぶったぶたさんが、ほっぺを赤くそめていいました。

「その話なら、ぼくたちも聞いた。そっか、この人が魔女《まじょ》だったんだ。それにしても、今時《いまどき》の魔《ま》女《じょ》さんには、白くてりっぱなひげがついているんだ！」

まるぼうしをかぶったぶたさんが、鼻《はな》をふくらませていいました。

（春には、ひげはなかったみたいだけど…。）

三かくぼうしのぶたさんが、ちょこんと首をひねりました。

「魔女《まじょ》さん、ちょうどいいところにきたね。このテーブル、たった今できあがったところさ。みんなでティータイムにしよう。」

四かくぼうしをかぶったぶたさんが、目じりをさげていいました。

「なんてすてきなテーブルでしょう！　これなら、三十人はらくにすわれる。デラックスなパーティーができるわね。」

エッちゃんが目をほそめていうと、三かくぼうしのぶたさんが、

「そう、これは魔女《まじょ》さんのいうように、パーティー用に作ったのさ。月に一ど、森の動物たちがあつまって、おたんじょう会をひらこうと思ってね。」

と、うれしそうにいいました。

「よりあった動物たちは、ここで、たのしい話に花をさかせることでしょう。そうだ！　このテ

ーブルに、『ハッピーテーブル』って名づけたらどうかしら…?」

エッちゃんが、ひざをたたいていいました。

「そいつはいい! 何だか、たのしくなってきたよ。」

まるぼうしをかぶったぶたさんが、さっきより鼻《はな》をふくらませていいました。

そこへ、レースのエプロンをつけたぶたのむすめが、おぼんをかた手に、そろりそろりとやってきました。

「さあ、おいしいコーヒーが入りました。これは、やきたてのしいのみクッキーよ。魔女《まじょ》さん、えんりょしないでめしあがってくださいね。しいのみは、この森でとれたものなんです。ほら、あの木です。」

ぶたのむすめは、大きなしいの木をゆびさすと、

「あらあら、おつれのねこさんも、そんなところにいないで、さあどうぞ。」

といって、いすをひきました。テーブルの下に、ねそべっていたジンを見つけたのです。

「ありがとう。」

というと、ジンは、はずかしそうに、いすにこしかけました。すると、三びきのぶたさんは、

「なんて、りっぱなひげだ! 魔女《まじょ》さんとおそろいですね。」

と、かん心していいました。

「へんねえ? 魔女《まじょ》とねこにあごひげなんてあったかしら…?」

ぶたのむすめは、首をかしげました。

にぎやか森に、いただきますの声がひびきわたると、たのしいパーテイがはじまりました。

「やっぱりハッピーテーブルだ。ここでこうしておちゃをのんでいると、しあわせな気もちにな

ってくる。」

四かくぼうしのぶたさんがいいました。

「ええ、三人の大工《だいく》さんのうでがいいから、こんなにすてきなテーブルになったんだわ。おつかれさまでした。今日《きょう》はまず、かんせいのおいわいです。ゆっくりくつろいでくださいね。」

ぶたのむすめは、ほおをピンク色にそめていいました。それを見て、三かくぼうしのぶたさんは、

（なんてかわいいんだろう！）

と思いました。

見つめていたら、ぶたさんのほっぺがほんのり赤くなりました。それが、耳までそまって、とうとう首までおりてきました。

そのうち、三かくぼうしのぶたさんは、からだがかっかしてきました。

「なんだか、あつくなってきた。」

というと、カナリア色のシャツをぬぎすてました。

その時です。ジンが、とつぜん立ちあがっていいました。

「スミレちゃん、ぼくは、君のことが大すきです。どうか、けっこんしてください。ぼくのゆめは、スミレちゃんとけっこんして『にぎやか森のクッキーやさん』をひらくことです。お店はぼくがつくりましょう。そのお店で、君はおいしいクッキーをやいてください。森の動物たちも、きっと大よろこびして、買いにきてくれることでしょう。大はんじょう、まちがいなしです。ぼくは、そうだな、しいのみをりょう手にかかえきれないほどひろいあつめます。ぶんたろうより。」

「ジンたら、いったいどうしたの？　それにぶんたろうってだれよ。」

エッちゃんが、あわてていいました。その時です。三かくぼうしのぶたさんが、まっかになって、

「なんてことだ。それは、ぼくの、ララ、ラブレターじゃないか！　今日《きょう》、スミレちゃんにわたそうと思っていたんだ。」

とさけんで、テーブルの下にもぐりました。

「なぜ、ねこさんが、それを？」

まるぼうしのぶたさんが、たずねました。いっせいに、みんなのしせんがジンにあつまりました。

「じつは、おなかがすいたので食べてしまったんだ。さっき、このテーブルの下に、おちていたのをたまたま見つけた。君の手紙だと知っていれば、食べなかったのに…。ごめんなさい。」

ジンは、頭をふかくさげました。

　その時、とつぜん、エッちゃんがいいました。

「わたしは、ぶんたろうさんのことが大すきです。もしも、あなたとけっこんしたら、スミレとくせいのしいのみクッキーを、毎日、食べさせてあげる。スミレより。」

「あんた、いったいどうしたんだい？」

ジンが、あわてていいました。

　その時です。ぶたのむすめが、まっかになって、

「なんてこと。それは、わたしの、ララ、ラブレターじゃないの！　今日《きょう》、ぶんたろうさんにわたそうと思っていたの。」

とさけんで、テーブルの下にもぐりました。

「なぜ、魔女《まじょ》さんが、それを？」

今《こん》どは、四かくぼうしのぶたさんが、たずねました。

いっせいに、みんなのしせんがエッちゃんにあつまりました。

「じつは、おなかがすいたので食べてしまったの。さっき、スミレちゃんちのおてあらいをかりた時、ろうかにおちていたの。ほんとうにごめんなさい。」

エッちゃんは、頭をふかくさげました。

「お二人《ふたり》さん、どうか頭をあげてください。君たちは、ぼくたちのえんむすびのかみさまです。ぼくたち、けっこんします。いいね、スミレちゃん。」

三かくぼうしのぶたさんがいうと、ぶたのむすめが、にっこりして、

「ええ、よろこんで。」

と、こたえました。

「ところで、君たちは、どうして紙がすきなんだい？」

三びきのぶたさんが、同時にたずねました。

「それは、自分でもわからない。」

「紙がとってもおいしそうに見えるの。まるで、ケーキみたいに思えてくる。」

ジンとエッちゃんがこたえました。すると、ぶたのむすめが、

「まるで、やぎさんみたいね。」

と、ぽつんといいました。

「そうだ！　それだよ。考えてみたら、君たちのひげは、やぎのものだ。君たちのご先祖《せんぞ》さまは、やぎにちがいない。」

まるぼうしのぶたさんが、鼻《はな》をさいこうにふくらませていいました。

家に帰ったエッちゃんとジンは、ひげをとって、じっと考えました。

「ひげは、ヤギのものにまちがいない。だけど、頭文字《かしらもじ》があわないわ。ヤギはゴートでG《ジイ》なのに、これはL《エル》。」

「いったい、どういうことだろう?」

「スミーがあわてて、つけちがえたんじゃないかしら…。」

エッちゃんがつぶやきました。

「そうだ! 電話をして聞いてみる。」

エッちゃんは、メモにあったばんごうをゆっくりおしました。

「ハロー、あらまあ、エッちゃん、どうしたの?」

スミーは、おどろきの声をあげました。

「あのね、ヤギのひげについてるアルファベットは、L《エル》。それで、ほんとうにまちがいないかしら…?」

「Lにまちがいないわ。じつは、あのひげのもちぬしはライオンなの。スペルは、『lion《エルアイオーエヌ》』で、頭文字《かしらもじ》はL《エル》。」

「ヤギのひげのもちぬしが、ライオンだなんて、へんなこといわないで! ますますややこしくなってきたわ。いったい、どうしてそんなことになったの?」

エッちゃんの頭は、パニックになりました。

「ごめんなさい。エッちゃん、今、手がはなせないの。七色のナマズのひげが、今《こん》どはにじをつくったの。」

というと、電話は、ぱったりきれました。

ささて、ここで、もんだいです。

どうしてヤギのひげのもちぬしが、ライオンなのでしょう？

こんなややこしいもんだいが、すぐにとける人はいないでしょう。めいたんていのシャーロックホームズだって、首をかしげることまちがいありません。

でも、答えをいえば、きっとみなさんは、

「なーんだ、そんなかんたんなことだったんだ！」

というにちがいありません。

ここで、あんまり考えていても何もはじまらないので、答えを書きます。

じつは、ほんの数日前、こんなことがありました。ほんとうのお話です。

――お話スタート――

ライオンの王さまは、友だちが一人《ひとり》もいませんでした。声をかけようと近づいただけで動物たちはおそれをなして、にげていってしまいます。

ある日、ライオンの王さまは、いいことを考えました。

「そうだ！　ほかの動物と、一日だけひげをとりかえよう。そうすれば、友だちができるにちがいない。」

すぐに、おしろをでるとヤギさんに会いました、ヤギさんは、ライオンの王さまのかなしみを知って、

「一日だけならいいでしょう。」

といって、こうかんしてくれたのです。

おかげで、ライオンの王さまには、たくさんの友だちができました。

——お話ストップ——

そうです。もうおわかりでしょう。

スミーがひげをとった時、ライオンの王さまには、ヤギのひげがついていたのです。どうりで、ヤギのひげのもちぬしが、ライオンだったわけです。

エッちゃんとジンは、ヤギのひげをつけたので、むしょうに紙が、食べたくなったのです。

ヤギたちには、『紙を食べる』というしゅうせいがあります。

ひげの中には、『紙もぐもぐ』というしゅうせいが入っていたのです。『暗号《あんごう》をとく研究所《けんきゅうじょ》』があって、ひみつの文章は、ここでかいどくされていました。

エッちゃんは、このひげを、『なぞのひげL《エル》・G《ジイ》』とよびました。

10　W《ダブル》の正体《しょうたい》ってなあに？

次の朝、ジンは、つぶやきました。

「あーあ、なさけないな。」

エッちゃんは、げんかん先でトーストをほおばり、かた手にデザートのオレンジをもち、かた手でくつひもをむすぼうとしているところでした。

「そんなにあわててると、ころんで大けがになる。もう少しおちついた方がいい。」

「だって、のんびりしてたらちこくしてしまう。それに、あたしはいそいでるだけで、けっして

あわててるんじゃないわ。」

エッちゃんは、口をもぐもぐさせていいました。すると、ジンは、

「あんたのへりくつは、とってもりっぱさ。コンクールがあったら、きっとゆうしょうまちがいなしだ。」

と、あきれかえっていいました。

「ジン、ほめてくれてありがとう。ところで今日《きょう》も三時にもどってくる。ふらふらでかけないで、まっててよ。」

「そんなこと、じゅうぶんしょうち。あんたこそ、おくれないようにしてくれよ。」

「大じょうぶ、あん心して！　ジン、あんた、心ぱいするだけそんよ。あたしってさ、あんたが思ってるほどちゃらんぽらんじゃない。けっこうしっかりしてるんだから…。行ってきまーす。」

エッちゃんはドアをあけて、いきおいよくとびだしました。少したつと、

「キャー！」

というひめいが聞こえました。

（あの声はまさか…。）

ジンはいやな予感《よかん》がして、あわてて外にかけだしました。

「いたたたた…。」

エッちゃんのおでこには、げんこつみたいなこぶがありました。足もとにおちていた石につまずいて、ころんだのです。

（やっぱり…。ぼくの予想《よそう》した通《とお》りじゃないか。）

ジンは、ぬれタオルでこぶをひやしながら、思いました。

教室では、子どもたちが心ぱいそうな顔をしてまっていました。

「魔女《まじょ》先生、おそいね。」

「どうしたんだろう？」

「びょう気かな？」

まちきれなくなった子どもたちは、いつのまにかせきを立ち、まどの外をくいいるように見つめています。

その時です。とつぜん、戸ががらがらっとあきました。

外を見ていた子どもたちは、いっせいに、ふりかえり、入口を見つめました。

「おはよう！　みんな、まってた？　おそくなってごめん。」

魔女《まじょ》先生は、ひたいにぬれタオルをあてながら元気よくあいさつすると、頭をペコンとさげました。

「大じょうぶ？　魔女《まじょ》先生、いたそう？」

子どもたちが心ぱいして、あつまってきました。

「ぜんぜんいたくないわ。『こぶができてよろこぶ』とまではいかないけど、平気《へいき》。」

エッちゃんは、にっこりしていいました。

「おー、さむーいしゃれ！」

りょう君が、かめのように首をちぢめ、おどけてみせました。

「さすが！　魔女《まじょ》先生はがまんづよい。」

たくろう君が、うれしそうにさけびました。その時、一時間目しゅうりょうのチャイムがなりました。

「あらまっ、だいじな国語の時間がおわっちゃったわ。」

魔女《まじょ》先生が、あわてていいました。

さよならのあいさつがおわると、エッちゃんはとぶように帰りました。

「まだ、一時だよ！　二時間もはやい。ぐあいでもわるくなったのかい？」

ジンは、心ぱいそうにいいました。

「うふふっ、今日《きょう》は火よう日で、四時間じゅぎょうだったの。」

エッちゃんは、れいぞうこをあけてマスカットジュースをとりだすと、ごくごくのみました。

マリンブルーのシャツとお気に入りのオーバーオールにきがえると、きんちょうした先生の顔がきえました。リラックスムードたっぷりのエッちゃんの顔にもどりました。

「ひげはあと二つ。どちらにしようかな？　きめた！　これにする。」

「いいね。」

ジンも、のり気でいいました。

エッちゃんは、上から二ばんめにあったほそくて長いひげを手にとると、さっそくつけてみました。

その時、ひげは、コバルトブルーにかがやきました。

ふかい海のそこみたいなしんぴてきな色です。

「あっあんたのひげが、海色になった！」

「えっ、ほんとう？　ジンもつけてみて！」

ジンがひげをつけると、やっぱり、コバルトブルーにかがやきました。

「ほんとうだわ。ひげが海色になった。なんてきれいなんでしょう。」

エッちゃんがうっとりしていいました。

あたりも、青くそまって見えました。エッちゃんの顔もジンの顔も、つくえもテーブルもまっかなりんごも青く見えました。

「部屋《へや》が海になったわ。なんだか、あたし、おさかなになったみたい。」

「ぼくもだよ。アルファベットは、えっと、W《ダブル》か。何の頭文字《かしらもじ》だろうな？」

「海にすむ動物にちがいないわ。」

エッちゃんのひとみは、コバルトブルーにかがやきました。

「ああ、ぼくもそんな予感がする。」

ジンのひとみも、またコバルトブルーにかがやきました。


「さあ、でかけよう。」

「あたし、海にいきたいな。」

エッちゃんの声は、はずんでいます。

「いいね。」

ジンがうなずくと、ほうきのばあさんは、

「まってました！　おばばにおまかせ。」

といって、外にとびだしていきました。

「海行きのほうきは、ただ今、しゅっぱついたします。おのりのお客さまは、いそいでおのりください。」

ほうきのばあさんは、アナウンスのまねをしていいました。

「おばばまって！　あたしたちをおいていかないで。」

エッちゃんとジンは、あわててのりこみました。

エッちゃんのせなかには、大きなリュックがありました。何が入っているかって？

そりゃあもちろん、水ぎにバスタオルに水中めがねにうきわに、あとは水とうにおむすびです。海水はつめたいのに、そんなもの入れてどうするのかって？

だって、海に行ったら、およぎたくなるのが人じょうというものでしょう？　それに、およいだらおなかがすきます。

「ふたりとも、ちょっとふとったみたいだ。きのうより重いよ。これじゃ、スピードがあがらない。」

ほうきのばあさんは、にもつのことを知らないで顔をゆがめました。

「おばば、そんなことより、しゅっぱつしんこう！」

エッちゃんがさけびました。

空をとんでいると、とおくにマリンブルーの海が見えてきました。しおのかおりがはなをくすぐると、心は夏気分《きぶん》です。

「うみー、あんたってさいこう！　広くって、大きくって、美しくって、いつもかがやいてる。どうしてそんなにすてきなの？」

エッちゃんがさけびました。

今日《きょう》のうんてんは、あんぜんうんてんだったので、のんびり気分《きぶん》で、あっちこっちながめられました。エッちゃんは、

（今《こん》どから、重いにもつをしょってのろうかしら…。）

と、思いました。

「おまたせ、ついたよ。」

ほうきのばあさんが、すなはまにちゃくちしました。

秋の海はしずかでした。人っ子ひとりいません。夏のころは、あんなににぎわっていたのに、

目の前の海はこころなしかさびしそうにうつりました。

「うわーっ。ほんものの海だ！　どんなに会いたかったことか…。」

エッちゃんがこうふんしていうと、ジンも、

「海を見たら、なんだか、ぼくもたまらなくなってきた。ほっとしたっていうか、なつかしいっていうか、うまくいえないんだけど、そんな気分《きぶん》さ。」

と、いきをはずませていいました。その時、

「あれっ、何かしら？」

エッちゃんが声をあげました。

すなはまの上に、てんてんとあしあとがついています。いえ、せいかくには、あしあとというより、『ひれあと』といった方がぴったりだったかもしれません。

「行ってみよう。」

「ええ、もちろん！」

二人《ふたり》のひとみは、マリンブルーにかがやきました。

「おばばは、ここでるすばんをしておるよ。しおのかおりでもすって、のんびりしているさ。」

というと、ほうきのばあさんは、あくびをひとつしました。

「おなかがすいたら、どうぞ。中におむすびとおちゃがあるの。」

エッちゃんは、せなかのリュックをおろしていいました。

(いいとこあるじゃないか。)

ほうきのばあさんは、にっこりして二人《ふたり》のうしろすがたを見送りました。


さて、ひれあとは、どこまでつづいていたでしょう? なみうちぎわまでくると、そこでぱったりときえていました。

そんなことあたり前でしょう? ところが、とつぜん、ジンが、

「あっ、なみの上にひれあとがついてる。」

と、さけびました。

「ほんとうだわ。ずっと沖《おき》の方まで、しっかりとついてる!」

今《こん》どは、エッちゃんがさけびました。

一わのカモメが、そのひれあとをゆうがにとんでいます。きっと、ひれあとは、カモメたちの目にもうつっているのでしょう。

次のしゅん間、秋の海にまっ白いしぶきがふたつあがりました。

「バッシャーン!」

「バチャ!」

そうです。二人《ふたり》は、海にとびこんだのです。みなさんは大さわぎ。きっと、

「秋の海は、つめたくないの? いつ、水ぎにきがえたの? うきわはもったの?」

って、おどろいていうでしょう。

みなさんの心ぱいはごもっとも。だって、秋の海は、そうとうつめたいのです。もしかしたら、心ぞうほっさをおこすかもしれません。

それに、二人《ふたり》はかなづち。ぜんぜんおよげないのです。水をがぶがぶのんで、おぼれてしまうことでしょう。

ところが、エッちゃんとジンは、しんぞうほっさをおこすこともなく、おぼれることもなく、すいすいとおよいでいたのです。

ひれあとは沖《おき》までくると、海水の中までつづいていました。コバルトブルーの海のそこに、サメの町がありました。

ひれあとは、そこで、ぱったりとまっていました。

「こんにちは。魔女《まじょ》さんとジンさん。」

せなかで、かわいい声がしました。ふりむくと、ぎん色のサメが立っていました。

「あたしたちのこと知ってるの？」

「ええ、あなたたちのことは、さっきカモメおばさんから聞いたわ。地上でおこったことは、たいてい三日いないで教えてくれるの。おかげで、たすかってる。」

ぎん色のサメは、うれしそうにいいました。

「そうだったの。カモメおばさんは、まるで新聞記者《しんぶんきしゃ》みたい。」

エッちゃんは、かん心していいました。

「ところでさ、何があったんだい？」

ジンが、心ぱいそうな顔をしました。

「どうして、ジンさんにわかるの？」

ぎん色のサメは、おどろいていいました。

「どうしてって、そんなにかなしそうな目をしていれば、だれだってわかるさ。」

「あたしたちに、えんりょはいらない、何でも話して！」

エッちゃんがいいました。

　ぎん色のサメは、にっこりほほえむと、しずかな声でしゃべりはじめました。

「じつは、となり町のシロクジラさんに、たいぼうのぼうやがうまれました。何年間も子どもにめぐまれないふうふだったので、どんなによろこんだことでしょう。ところが、そのよろこびは、すぐに、かなしみにかわりました。ぼうやがいつになっても、およげないのです。どんなにかなしんだことでしょう。ショックで、何も食べられないそうです。このままでは、シロクジラさんのふうふは、死《し》んでしまうでしょう。」

「この町に、おいしゃさんはいないの？」

ジンが、たずねました。

「サンゴショウの森に、エイのおいしゃさんがいます。どんなむずかしいびょう気だってたちまちなおしてしまう名医《めいい》です。かいぎょうして三億年《おくねん》くらいたつのかしら？　いつだったか、わたしのおばあちゃんが教えてくれました。そのエイのおいしゃさんがはじめて、どうしたらいいものかとなやんでいます。それまで、およげないというなん病でおとずれるかんじゃさんは、まったくいなかったらしいのです。きくクスリもなく、よなべして新しいくすりのかいはつをしていらっしゃいます。そのため、エイのおいしゃさんまでたいちょうをくずしてしまわれました。このままでは、海のさかなたちの命《いのち》までがきけんなじょうたいにさらされるでしょう。わたしは、魔女《まじょ》さんたちが海にきたことを知り、いそいでひれあとをつけました。わたしたちをすくってもらえないかと思ったのです。ごめんなさいね。」

ぎん色のさめはここまでいうと、ふかぶかと頭を下げました。

「あのひれあとは、君のものだったのか！　ぼくたちは、それにひっぱられるようにしてここまでたどりついた。何か、運命《うんめい》てきなものをかんじるよ。」

ジンは、しっぽを左右にふりながらいいました。すると、エッちゃんは、

「何とか、クジラのぼうやをたすけてあげたい。でも、あたしたち、おいしゃさんじゃないから、せんもんてきなことは、何ひとつわからない。いったいどうしたらいいのかしら…。」

といって、考えこんでしまいました。

その時です。とつぜん、わんぱくなイワシの子どもがやってきていいました。

「あははっ、おもしろい！　この人たちのひげ、まるで、クジラさんみたい！」

「えっ、クジラ？」

ジンがさけびました。

その時、エッちゃんは、はっとしました。

（もしかしたら…。）

あわてて、エッちゃんは、

「クジラのぼうやにひげはありますか？」

とたずねました。すると、ぎん色のサメは、

「そういえば、エイのおいしゃさんが、ぼうやには、ひげがないとおっしゃっていました。」

と、思いだしたようにいいました。

「そうか、わかった！　サメさん、これで、ぼうやのびょう気がなおる。あたしにまかしておい

て！」

エッちゃんは、さけびました。

三人は、すぐに、クジラの町にむかいました。

シロクジラの家では、ふとんの上に、クジラのぼうやがよこになっていました。そばには、シロクジラのふうふが、やせこけたからだでつきそっていました。

「ちょいと、ごめんなさいよ。」

というと、エッちゃんは、部屋《へや》にあがりこみました。

クジラのふうふは目をまるくしておどろきました。

「あなたさまは、いったいだれですか？」

「ぼうやをたすけにきました。」

というと、エッちゃんはいきなり自分《じぶん》のひげをとり、ねているぼうやにつけました。

シロクジラのふうふは、目をまるくして、そのようすを見ていました。

「あなた！　ぼうやにひげがついたわ。それにしてもよくにあう。」

シロクジラの母《かあ》さんが、目をほそめていいました。

「ああ、ぴったりだ。大きさといい、かたちといい、もうしぶんない。まるで、はじめからぼうやについていたみたいだ。」

シロクジラの父《とう》さんが、おどろいていいました。

「これでよし！　ぼうやのびょう気はなおったはずよ。」

エッちゃんは、とんとむねをたたくと、じしんまんまんにいいました。

さて、ぼうやは、どうなったでしょう？　ひげがつくと、うれしくなって家からとびだしていきました。

少したち、せなかから、ふん水をぴゅーんとあげました。ふん水は、空に大きなにじをつくりました。

それを見ていたシロクジラのふうふもうれしくなって、いっしょにふん水をぴゅんぴゅんあげました。あちこちに、七色の橋がかかりました。

いつの間にか、そこは、『にじの広場』になり、たくさんの鳥やさかなたちが、あつまってきました。

「おめでとう。よかったね。」

カモメのおばさんが、顔をくしゃくしゃにしていいました。

「バンザーイ！　ぼうやのびょう気がなおったぞ！」

いっせいに、みんなでさけびました。

いつしか、マリンブルーの海はおまつりさわぎになりました。

クジラのぼうやは、

「ありがとう。おれいに、ぼくが海をあんないするよ。」

というと、二人《ふたり》をせなかにのせておよぎました。

「ぼうやったら、海の中のことなんてぜんぜん知らないくせに…。」

シロクジラの母《かあ》さんが、心ぱいそうにいいました。すると、シロクジラの父《とう》さんが、

「まあ、いいじゃないか。」

と、にっこりしました。

さて、この話をきいたエイのおいしゃさんは、

「わしも、いしゃしゅぎょうがたりんな。魔女《まじょ》さんのところに、ひとつしゅぎょうにでようか?」

と、つぶやきました。

「それは、こまります。その間、海にはおいしゃさんがいなくなります。おねがいですから、ここにいてください。」

銀色のサメが、ひっしでとめました。さてさて、ここで、もんだいです。


エッちゃんとジンがつけていたひげはだれのものでしょう?


答えはかんたん。なぜって? それは、イワシの子どもがさけんだとおりだったからです。エッちゃんも、そのことばで、ひげのぬしに気づきました。ほとんどの人が、エッちゃんと同じに、気づいたにちがいありません。それでは、おまちかね。答えをいいます。おそらく、しびれをきらしている人も、多いことでしょう。

エッちゃんとジンのつけたひげは、クジラのものだったのです。クジラたちはほにゅうるいにぞくし、ぎょるいではないのに、年中海の中で生活しています。

肺《はい》でこきゅうし、体温《たいおん》は一定です。また、多くのさかなたちがたまごをうむのに対《たい》し、人間の赤んぼうのようなかたちでうみます。それでは、なぜ、ふん水があがるのでしょう? クジラが水めんにうきあがって空気をすった時、鼻孔《びこう》からはく空気中のしっけが、水てきとなってふきあげられます。それが、ふん水です。

クジラたちには、『海水をおよぎ、肺《はい》こきゅうをし、うれしい時にふん水をあげる』というしゅうかんがあります。ひげの中には、『スイスイ・ドッピューン』というしゅうせいが入っていたのです。

　ですから、ひげのないクジラのぼうやは、およげなかったのです。ひげをつけると、大よろこびで、いきおいよく家からとびだしていったわけです。

ひげの中には、『にじの橋研究所《けんきゅうじょ》』があり、どうしたら七色のにじが十色になるのか、研究《けんきゅう》をすすめているさいちゅうです。いつの日か、ゆめがじつげんする日もちかいでしょう。

エッちゃんは、このひげを、『にじの橋づくりひげ』とよびました。

　家に帰ったエッちゃんとジンは、クジラをじてんでひいてみました。

「えっと、クジラ、クジラ…？　あった！　スペルは、『w《ダブル》h《エイチ》a《エイ》l《エル》e《イー》』。とすると、頭文字《かしらもじ》はW《ダブル》！」

「まちがいない。このはこにも、そう書いてある。」

「あと、ひげはひとつ。さいごのひとつが何なのか、ぞくぞくするわね。」

エッちゃんが、ひとみをかがやかせていいました。

「ああ、そうだな。明日《あした》にそなえて、今《こん》ばんは、少し早くやすもう。あんた、明日《あした》もちこくすると、子どもたちが心ぱいする。いい先生というものは、子どもたちに心ぱいをさせちゃいけないものだ。」

というと、ジンはベッドにむかいました。

11　M《エム》の正体《しょうたい》ってなあに?

次の日のことです。部屋《へや》の時計が三時をつげた時、げんかんの戸が、がらっといきおいよくあきました。

「ただいま!」

エッちゃんがはーはーとあらいいきをして、帰ってきました。

「すごい！　ぴったりだ。あんた、いつになくはりきってるな。」

ジンは、目をまんまるにしていいました。

「だって、今日《きょう》はさいごのひげよ。これでおわりだと思うと、むしょうに力がわいてくるの。なんだか、おなかがすいたわ。」

エッちゃんは、ごはんの上におゆをかけ、その上にうめぼしをのせると、さらさらと食べました。

「あんた、給食《きゅうしょく》を食べてきたんだろう？」

「もちろんよ。のこさず、食べてきたわ。メニューはね、ハンバーグとやさいサラダとオニオンスープとロールパン。そうそう、デザートはソーダゼリー。」

「ソーダゼリー？」

「これは、ソーダ水のゼリーなの。中にミカンがちょっぴり入ってる。さっぱりしておいしいものだから、子どもたちからも大人気！」

「そんなに食べたら、おなかはすかないはずだ。あんたは、まったく大食《おおぐ》いなんだから…。ぼくなんか、にぼしごはんを一ぜんだけ。わびしいものさ。」

ジンは、かなしそうにいいました。

「そうだ！　これあげる。」

エッちゃんは、れいぞうこから、コーヒーゼリーをとりだすと、

「これは、いきつけのカフェテリアのマスターが、プレゼントしてくれたの。ひきたてのコーヒー豆《まめ》をつかってるから、かおりがいいわよ。」

といって、ジンの前におきました。

　白いおさらの上には、ぷるぷるのゼリーがかがやいています。ジンは、つばをごっくんとの

むと、かじりつきました。

そのしゅん間です。ジンは、

「にっ、にがい！」

というと、ゼリーをはきだしました。

「わるいけど、ぼくにはにがてなあじだ。」

ジンは、顔をゆがめました。

「ごめんごめん。そういえば、あんた、コーヒーきらいだったわね。」

エッちゃんが、思いだしていいました。

「そんなことより、ひげをつけよう。ぼくたちは、だいじなことをわすれてる。」

「そうだった。」

エッちゃんは、ペロっとしたをだしました。

「さいごはこれ。」

エッちゃんは、一ばん下にある、ピーコックグリーンのひげをゆびさすと、

「だけど、グリーンのひげなんて、今まで、見たことないわ。」

と、ふしぎそうな顔でいいました。

「それに、かたちもユニークだ。まるで、三日月《みかづき》がふたつくっついたようだ。」

「なんだか、りっぱな人が、口の上につけるひげににてる。左右にぴんとはねあがって、なんだかひげまで、じしんあり気《げ》に見える。」

「あははっ、それじゃ、あんたには、ぜんぜんにあわない。」

ジンがわらっていいました。

「あんたはにあうっていうの?」

エッちゃんはほっぺをふくらませていうと、ジンは、

「まあ、そんなところですかな。」

と、せなかをピンとはってみせました。

「もういいわ。」

というと、エッちゃんは、さっそくひげをつけました。

その時、ひげは、とつぜんきえました。

「ひげが、きえた!」

「えっ、ほんとう? ジンもつけてみて!」

ジンがひげをつけると、やっぱり、ひげはきえました。かげもかたちもありません。その時、エッちゃんがさけびました。

「ジン、きえてない。ひげはついてる! ほらっ、手でさわると…ちゃんとある。」

口の上には三日月《みかづき》がたのひげがふたつ、たしかに上をむいてついていました。

「ほんとうだ!」

ジンは、ひげをさわっていうと、

「目には見えないけれど、ひげがついてるってことだ。とうめいなこのひげのもちぬしは、いったいだれなんだろう?」

と、首をかしげました。

「つけるときえるってことは、ふだんつけてない人が、このひげのもちぬしってことになる。この地球上《ちきゅう》に、ひげのない動物は、無限《むげん》にそんざいするわ。どうやって、もちぬしをさがせばい

いのかしら…？」

エッちゃんは、気がとおくなりました。

「ややこしくなってきたな。ところで、かんじんのアルファベットは…？　M《エム》だよ！　M《エム》ってい
えば、ネズミ。思いだしたくないひげだ。」

「ジン、ネズミなんかじゃないわ。だって、ネズミには、ちゃんとひげがあるもの。」

「そんなこと、じゅうぶんしょうちさ。だけど、いったい何の頭文字《かしらもじ》だろうな？」

ジンは、首をひねりました。

「今《こん》どばかりはこうさんだわ。まったく手がかりがない。」

エッちゃんは、ためいきをつきました。


「さて、でかけよう。動きだせば、きっと、何かがわかるさ。」

ジンは、元気づけるようにいいました。

「そうね。」

エッちゃんとジンが外にでると、とつぜん、みどり色の風が、まるでたつまきのようにふきあ
れました。

「ヒェーー！」

「フギャーー！」

エッちゃんとジンは、クルンクルンと、まわりながらとばされていきました。

　これは、かみなりぼうやのいたずらでした。ふだん、ぜったいふれてはいけない、『スーパー
たつまき』のスイッチをおしたのです。クルンクルンまわって、二人《ふたり》は、イチゴのはらっぱに

おりたちました。ここは、イチゴ町三ちょう目。

一年中、まっかなイチゴがみのります。あたり一めん、白い花がさいて、たべごろのイチゴが色づいていました。

「あまーいかおりがする。」

エッちゃんは、イチゴがブレンドされた空気をおなかいっぱいにすいこみました。

「さいこうだ。」

ジンは、はなをひくひくさせました。

あおむけになってねころぶと、まっさおな空に白い雲がひとつ、ゆっくりとながれていくのが見えました。クルミのはは、風にふかれ、そよそよと歌《うた》っています。

イチゴ畑には、小さなキリギリスと青ガエルが、ジャンプきょうそうをしていました。

「のんびりしていい気もち！」

エッちゃんは、せのびをしていいました。

「ああ、ここは、時間がゆったりとながれている。ぼくたちのわすれかけていたものが、ここにはある。」

ジンは、あたりをながめました。

「あたし、ずっと、こうしていたいな。」

エッちゃんはうれしくなって、ころがっていたクルミをひろいあげると、ポーンとなげました。

クルミは、うまいぐあいに大きなクルミの木のあなにめい中しました。その時、木の中から、

「しずかにしておくれ。今、わたしたちは、すいみん中だよ。」

という声が聞こえてきました。

ぷりぷりして出てきたのは、フクロウのお母《かあ》さんです。

「ごめんなさい。あたし、知らなかったものだから…。」

エッちゃんは、うつむいていいました。

「わたしたちは、昼間ねて、夜しごとをするんだよ。今、おこされちゃ、ねむくてしごとにならない。」

「ぼくたちは、夜のパトロールたいなんだ。すごいでしょ。」

フクロウの子どもは、じまん気にむねのバッジを見せました。

バッジはアケビのつるでこまかくあみこまれ、小さな文字で、『夜のパトロールたい』と書いてありました。

「夜のパトロールたい？　こんな平和なはらっぱに、何かじけんでもあるの。」

エッちゃんはふしぎに思ってたずねました。

「ええ、このところつづけて、イチゴがぬすまれるのです。昼間は、お日さまが見はってるし、ぬすまれるのは夜。わたしたちは夜のパトロールをつづけていますが、いっこうに、はんにんの見当がつきません。じけんは、なんこうしています。」

フクロウのお母《かあ》さんは、むずかしい顔をしていいました。

「母《かあ》さん、今日《きょう》こそ、ぜったいイチゴどろぼうをつかまえてやる。」

フクロウの子どもが、じしんまんまんにいいました。

その時、フクロウのお母《かあ》さんのひょうじょうが、一しゅんくもりました。ジンは、

（どうしてなんだろう？）

とふしぎに思いました。

夜になりました。フクロウの親子《おやこ》は、目をまん月よりまるくして、パトロールにでかけました。

「フックは、ここをたのむわね。母《かあ》さんは、むこうを見てくる。」

というと、フクロウの母《かあ》さんは、イチゴ畑の一ばんとおくの方へとんで行きました。

もどってきた時、フクロウの子どもはかなしい顔をして、

「母《かあ》さん、またやられた！　ぼくが気づいた時には、イチゴはぬすまれたあとだった。」

と、いいました。

その時、フクロウの母《かあ》さんのひとみになみだがふくれあがり、ストロベリー色にかがやきました。

「フック、母《かあ》さんにうそはいわないでね。うそつきはどろぼうのはじまりといって、とってもかなしいことなの。」

まん月が雲からすがたをあらわすと、フクロウの子どもは、目をそらしました。

「フック、母《かあ》さんの目をまっすぐ見て！　そして、ほんとうのことをいって！」

フクロウの母《かあ》さんはさけびました。すると、フクロウの子どもは、ひとみをぱちぱちさせながら、

「ごめん、母《かあ》さん、イチゴをぬすんでいたのはぼくなんだ。ある日、ひとつだけつまみ食《ぐ》いした。それがはじまりだった。あんまりおいしかったので、その味《あじ》がわすれられず、まいばん、ぬすんでしまった。そのうちに、どんどん数が多くなってきて、どろぼうじけんになってしまった。ぼくは、こわくなって、何どもやめようと思った。だけど、このあまいかおりの上をとんでいると、決心がにぶってしまった。『まあいいや。今《こん》ばんだけ。明日《あした》からは、きっぱりとやめよう。』と…。思えば、このくりかえしだった。母《かあ》さん、ほんとうにごめんなさい。」

といいました。

「フック、しょうじきに話してくれてありがとう。母《かあ》さんは、とってもうれしいよ。」

というと、フクロウの母《かあ》さんのひとみから、ストロベリー色のなみだがひとつこぼれました。

「母《かあ》さんは、ぼくのこと、ずっと前から知っていたんだね。」

「そう、フックのことは、何でもお見通し。母親《ははおや》というものは、かわいい子どものことなら何でもわかるものなんだ。」

フクロウの母《かあ》さんが、しずかな声でいいました。

その時です。このようすを木のかげから見ていたエッちゃんは、とつぜん、さけびました。

「ジン、たいへんよ。フクロウの母《かあ》さんの顔に、あたしたちと同じピーコックグリーンのひげが見えたわ!」

「ああ、ぼくにも見えた。」

「てことは、ひげのもちぬしはフクロウ?」

「ああ、そういうことになる。」

ジンは、大きくうなずきました。


クルミの木では、シマリスのふうふが大げんかしていました。けんかのげんいんは、パパのへそくりです。

といっても、シマリスにとってお金は何のかちもありません。かくしもっていたのは、じょうとうな『クルミ』でした。

シマリスのママは、

「クヌギの木の下から、あなたのへそクルミをほってきたわ。」

というと、りょうていっぱいのクルミを、パパに見せました。

　シマリスのパパは、おどろいた顔をして、

「ママは、知ってたのか？」

といいました。

「そう、パパのことは、何でもお見通し。わたし、あなたのおくさんだもの。あいする夫《おっと》のことは何でもわかる。」

シマリスのママが、パパにウィンクしていいました。

　その時です。このようすを木のかげから見ていたエッちゃんは、また、さけびました。

「ジン、たいへんよ。シマリスのママの顔にあたしたちと同じピーコックグリーンのひげが見えたわ！」

「ああ、ぼくにも見えた。」

「てことは、ひげのもちぬしはシマリス？」

「ああ、そういうことになる。」

　イチゴ畑でねていたカエルの子どもが、まん月の光で目をさましました。となりの部屋《へや》に行くと、

「お母《かあ》さん、ぼく、おなかがいたくてねむれない。」

といって、カエルのお母《かあ》さんのふとんにもぐりこみました。カエルのお父《とう》さんは、ゲロゲロないて、

「たいへんだ！　きゅうきゅう車をよぼう！」

と大さわぎしました。ところが、カエルのお母《かあ》さんは、

「あなた、大じょうぶよ。この子はおなかがいたいんじゃないの。ちょっぴりさびしくなっただけよ。」

と、にっこりしていいました。

となりを見ると、カエルの子どもは、しずかなねいきをたてて、ねむっています。

「ほんとうだ！　君のいうとおりだ。君は、まるで、魔法《まほう》つかいみたいだな。」

カエルの父《とう》さんはおどろくと、また、ゲロゲーロゲロゲーロとやかましくなきました。

「そう、母親《ははおや》というものは何でもお見通し。魔法《まほう》つかいでなくても、かわいい子どもやあいする夫《おっと》のことは何でもわかるものよ。ふしぎでしょう？」

カエルの母《かあ》さんは、目をほそくしてほほえみました。

「ああ、とってもふしぎさ」

カエルの父《とう》さんは、そっとつぶやきました。

その時です。このようすをイチゴ畑から見ていたエッちゃんは、また、さけびました。

「ジン、たいへんよ。カエルの母《かあ》さんの顔にあたしたちと同じピーコックグリーンのひげが見えたわ！」

「ああ、ぼくにも見えた。」

「てことは、ひげのもちぬしはカエル？」

「ああ、そういうことになる。」

その時、エッちゃんとジンの顔が、金色の光をあびてうつしだされました。かわいそうに、二人《ふたり》とも、ひたいにふかいしわをよせていました。

さて、ここで、もんだいです。とうとう、これでさいごになってしまいました。

みなさんも、エッちゃんとジンのために、ぜひ、いっしょに考えてください。せいかいした人には、イチゴのはらっぱのあまーいイチゴ百こさしあげます。

エッちゃんとジンがつけていたひげはだれのものでしょう?

・フクロウのものでしょうか?
・シマリスのものでしょうか?
・カエルのものでしょうか?

今までのひげとまったくちがうのは、フクロウにもついており、シマリスにもついており、カエルにもついているということです。これでは、首をひねるばかり。みなさんの中には、

「こんな、もんだいといてられない。」

とおこりだす人もいることでしょう。

そんな人のために、ヒントをひとつだしましょう。

うそを見やぶってた人は、だれだったでしょう? もう一ど、よく考えてみてください。フクロウの母《かあ》さんと、シマリスのママ、そして、カエルの母《かあ》さんの三人でした。この三人にきょうつうすることといったら、何でしょう?

じっと、見つめてください。ほら、わかったでしょう。

そうです。答えは、『お母《かあ》さん』です。エッちゃんとジンのつけたひげは、お母《かあ》さんのものだったのです。

ふつう、お父《とう》さんにりっぱなひげはついていますが、お母《かあ》さんにはありません。でも、じつは、だれにも見えないとうめいなひげがついているのです。

このピーコックグリーンのひげは、女の人がけっこんした時、つきます。男の人には、ぜったいつきません。

どんなに高いお金をはらっても、買うことはできません。うそを発見《はっけん》する魔法《まほう》のひげなのです。お母《かあ》さんには、『かわいい子どもや、あいする夫《おっと》のうそを発見《はっけん》する』という、第六感があります。見えないひげには『第六感』が入っており、うそ発見《はっけん》工場では、家ぞくがうそをいった時、センサーがさどうして、ピーピーとなるしくみになっていました。

うれしいことに、この音は、お母《かあ》さんにしか聞こえません。ですから、フクロウやシマリスやカエルのお母《かあ》さんには、子どもや夫《おっと》のついたうそがかんたんにわかったのです。

エッちゃんは、このひげを、『うそ発見《はっけん》ひげ』とよびました。

それにしても、男のジンに、どうしてこのひげがついたのでしょう？　答えはかんたん。このひげの性格《せいかく》は、かなりあわてんぼう。ジンを女の人とかんちがいして、ついてしまったのです。

そういえば、あわてんぼうのお母《かあ》さんって多いと思いませんか？

みなさんのおかげで、答えがわかったエッちゃんとジンは、ねむい目をこすりながら、はこをのぞきこみました。

「このはこには、M《エム》とあった。お母《かあ》さんは英語でマザー。」

「ジン、スペルは？」

「えっと…、たしか『ｍｏｔｈｅｒ《エムオーティーエイチイーアール》』。頭文字《かしらもじ》はＭ《エム》だ、まちがいない。」

ジンの声が、まん月までとどきました。

お月さまは、金色のつえをふると、ねしずまった地球《ちきゅう》にピーコックグリーンのひげをふらせました。

新しくふったひげは、ふるいひげにかわってお母《かあ》さんの顔にぴったりとつきました。ひげの中のセンサーがにぶってくると、つかいものにならないのです。

こうして、お月さまは、時々《ときどき》、地球《ちきゅう》上のお母《かあ》さんたちに、ひげをプレゼントしていました。

12　おやすみのチュ！

　エッちゃんはベッドからおりると、時計《とけい》を見ました。

「まだ、十一時半か。ねむれないわ。」

とつぶやくと、手なべでミルクをあたためました。

　ねむれないばんは、こうしてホットミルクをいれました。

そうすると、またぐっすりとねむることができました。

「こんな真夜中《まよなか》に、どうしたんだい？」

ジンは、ねむい目をこすりながらおきてきました。

「なんだか、こうふんしてねむれないの。」

エッちゃんは、ミルクをカップにそそぎながらいいました。

「ぼくもねむれなくて、ついさっきうとうとしたところさ。それなのに、あんたのせいで目がさめてしまった。」

ジンは、ぷりぷりしていいました。

「ごめん！　ジン、あんたをおこすつもりはなかったの。ところで、おきたついでにホットミルクはいかが？」

エッちゃんが、気分直《きぶん》しにミルクをすすめました。

「ああ、いただこう。何だかきゅうに、のどがかわいてきたよ。だけど、ぼくはホットはにが手。わるいけど、ぬるめにしてくれるかい？」

「おやすいごようよ。」

エッちゃんはれいぞうこをあけると、ミルクビンをとりだして少しだけあたためると、大きなスープざらになみなみとつぎました。

「いくらなんでも、そんなにのめないよ。」

ジンは、一しゅん、目をうたがいました。

「あたしったら、ついつい…。」

「まあいいさ。」

ジンはおさらのミルクをペロッとなめて、

「ちょうどいいかげんだ。」

というと、むちゅうでペロペロなめました。エッちゃんはいすにこしかけると、カップをりょう手にもってふーふーふきました。ゆげはゆらりゆらりと体をねじり、天じょうにのぼっていきました。

「七つのひげのぼうけん、とうとうおわっちゃったわね。」

エッちゃんは、ミルクをひとくちだけ、ごっくんとのんでいいました。

「ああ、そうだな。ぼうけんは、始まればはやいものだ。」

「たった五日間だったけど、なんだか、ずっと長い間、たびにでていた気がするの。」

「そうなんだ。じつは、ぼくも同じことを考えていた。」

「あたしね、ずっとそのわけを考えてたの。そしたら、わかったの。」

ホットミルクの中に、エッちゃんのひとみが光ってうつりました。

「わかった?」

ジンのひとみも光りました。

「ええ、たしか、スミーはこういった。ひげには、『らしさの水』が入ってるって…。今、考えれば、それは、『動物たちの本能《ほんのう》』じゃないかって思えるの。」

「本能《ほんのう》とは、動物たちが生まれつきもっている行動力やせいしつのこと。そうか! そのことばどおりじゃないか。あんたも考えるようになったものだ。」

ジンは、かん心していいました。

「でしょう? ひげを身につけることは、ひげの動物にへんしんしたことを意味《いみ》する。つまり、たった五日間で、七しゅるいもの動物のたいけんをしたわけよ。ふつうは、一生かかって一しゅるいしかたいけんできないのに…。長くかんじるわけよ。こうふんしてねむれないのも、とうぜんのことだわ。」

エッちゃんは、のこりのミルクをのみほしていいました。

「ぼくは、六しゅるいだけどね。」

「あははっ、そうか。あんた、ネズミのひげににげられたからね。」

エッちゃんが、わらっていいました。

「あれにはまいったよ。」

ジンは、頭をかいていいました。

「ところで、お母《かあ》さんたちにひげがついていたなんてね。あたしも、けっこんしたらつくのかしら？」

「しゅぎょう中の魔女《まじょ》は、どうかな？　それにさ、あんたにぴったりのけっこんあいてが見つかるかどうか。」

ジンは、しんけんな顔でいいました。

「ジンたら、いじわるなんだから…。あたしだって、あこがれのピーコックグリーンのひげをつけてみせるわ。」

エッちゃんの声は、しずかな部屋《へや》にひびきました。

「けんとうをいのる。ところで、あんた、けっこんプレゼントは何がいい？」

「そうね、あんたとまるっきり正反対《せいはんたい》のものしずかな黒ねこがいいわ！」

エッちゃんが口をとんがらせていうと、ジンは、

「その時は、ぼくが毛を黒くそめよう。」

と、おどけていいました。

「もう、ジンたら…。」

ジンは、おさらのミルクをすっかりのみほしていました。

「そうだ！　あたしったらだいじなことをわすれてた。スミーに、ひげをつかいおわったられんらくするようにいわれてたんだ。」

エッちゃんは、あわてて電話のボタンをおしました。

「グッドイヴニィング！　エッちゃん？」

スミーがおどろいていいました。

「発明品《はつめいひん》、つかいおわったわ。」

「まだ、五日しかたってないわ。ひげは、全部、つかったの？」

スミーが、ふしぎそうにたずねました。

「もちろん！」

エッちゃんの声は、スミーの耳に大きくひびきました。スミーは、一しゅん、じゅわきを遠くへはなしました。

「すごいこと！　エッちゃん、それで、つかいごこちはどうだった？」

スミーが、声をはずませていいました。

「う一ん、何て、ひょうげんしたらいいのかしら…。ひとことじゃいえないんだけど、うれしくって、かなしくって、むずかしくって、おどろきがあって、ふしぎな気もちになった。しじゅう、心が、どきどきなりっぱなしで、くるしくなったわ。」

「そうだったの。それで、ひげはこの中にあるのね？」

「ううん、全部、きえちゃった。」

エッちゃんが答えた時、とつぜん、スミーがさけびました。

「ええーっ！　そんなばかな？　エッちゃんがつかいおわったら、もちぬしにかえす予定だったのに…。」

「つかいおわったひげたちは、とるとなくなった。うそじゃない、ほんとうよ。だけどドラキュラのひげは、もちぬしの二人《ふたり》にかえしたわ。ぐうぜん、パンやさんであったの。」

「わかったわ。エッちゃん、ためしてくれてありがとう。わたしの発明品《はつめいひん》は、さいごが大しっぱい。ひげが、もちぬしにかえせないなんて…。今ごろ、ひげのない動物たちはこまっているにちがいない。ああ、わたしったら、とりかえしがつかないことをしてしまった。こんな研究《けんきゅう》するんじゃなかったわ。ああ、とりみだしてごめんなさい。エッちゃん、はこがからっぽじゃ、とりに行ってもしかたないわね。」

というと、スミーは、とつぜん電話をきりました。

　そばで、電話を聞いていたジンが、首をかしげていいました。

「ひげは、どこへきえたんだろう？」

「ひげなんて、一人《ひとり》に、ひとつあれば十分。ふたつは、いらないものでしょう？　ひげのない動物に、とつぜんつくというのもへんな話。ひげだって、行き場所がないと思うの。だけど、きえてしまった。こんなふしぎな話って、あるかしら？」

エッちゃんも、首をかしげました。すると、ジンは、

「ああ、ここにあるさ。どこになくても、ここだけにある。そのしょうこに、このはこの中はからっぽだ。」

と、力をこめていいました。

「ジン、あんたのいうとおり。ふしぎなことはたしかにおこった。動物たちのだいじなひげが、なくなってしまったんだわ。だけど、つくりもののひげじゃごまかせない。だって、あの中には、動物たちの本能《ほんのう》がはいってる。本能《ほんのう》を失《うしな》った動物たちは、いったいどんなことを考え、何をしているのかしら…？　これはあたしのかんだけど、もしかしたら、宇宙《うちゅう》にひとつしかない自分《じぶん》のひげを、さがし回っているかもしれない。」

「いや、それはないだろう。なぜなら、本能《ほんのう》をなくしてしまった動物たちには、考える力など無《む》にちかい。」

「それって、生きるきぼうや目てきもないってこと？」

エッちゃんがたずねました。

「ああ、もちろんさ。それどころか、食べたりねむったり子どもをつくったりという、生きていくために必要《ひつよう》なさいていの力さえうばわれてしまうんだ。ひげがないという事実さえ、完全《かんぜん》にわすれさっているにちがいない。おそらく、たましいのぬけがらのようにふらふらしていることだろう。何しろ、自分《じぶん》が自分《じぶん》でなくなってしまうんだ。そうぞうをぜっするくらい、おそろしいことだと思うよ。」

ジンは、からだ中の毛をさかだてていいました。

「あたしたちさえ使わなければ、こんなことにならなかったんだわ。ひげがなくなったのは、あたしたちのせきにん。こんなことになるなら、いっそのこと、使わなければよかった。なくなってからひげの大切《たいせつ》さがわかるなんて…。」

エッちゃんは、顔をくしゃくしゃにしてさけびました。

「そんなに、自分《じぶん》をせめるものじゃない。きえてしまったのは、あとのまつり。ぼくたちだって、ひげをなくそうとしたわけじゃない。それに、考えてもごらん？　きえたことが、こんな大じけんになるなんて、あの時点で予測《よそく》できただろうか？　世の中には、しかたないことだってあるんだ。」

ジンは、自分《じぶん》にもいいきかせるようにいいました。

「だけど、あたしたちのせいで、動物たちは死《し》んでしまうかもしれないのよ。どんなにお金をだしても、ひとつしかない命《いのち》をあげることなど、だれにもできない。こんなざんこくなことをしておきながら、しかたがないっていえる？　あたしには、ジンのいってることがわからない！」

エッちゃんは、長いかみをかきむしっていいました。

「おわったことを、いつまでくやんでもしかたないじゃないか。かなしいけど、どんなにくやんでいても、問題はかいけつしないんだ。おきてしまったことを、はじめにもどすことなんてできない。命《いのち》の自動はんばいきでもあれば、話はべつさ。だけど、そんなものどこにもない。それに、そんなものがあちこちにでまわったら、逆《ぎゃく》に命《いのち》をそまつにあつかう動物たちがふえてしまう。ひとつだけだから、命《いのち》のとうとさが身にしみるんだ。今《こん》どのことは、しかたない。動物たちにひげがもどることをいのろう。」

「あたし、ずっといのってる。どうか、ひげがもちぬしにとどきますように…。」

エッちゃんは、りょう手をあわせました。

「きっと、ぼくたちのいのりは、いつかつうじるさ。」

ジンもまねて、まえ足をあわせました。

その時、電話がなりました。受話器をとると、スミーの明るい声が聞こえました。

「エッちゃん、ひげは全部、もちぬしにかえってた。わたし、すぐにれんらくしてみたの。そしたら、口々《くちぐち》に、『何日か前に、もどってきました。』という明るいへんじ。エッちゃんに、すぐ知らせようと思って電話したの。」

「えっ、ほんとう?」

「うふふっ、ほんとうよ、エッちゃん。まちがいない。わたし、ねぼけてないもの。たしかにこの耳で聞いたわ。マサトも聞いたでしょう?」

というと、電話口でニャニャニャという声が聞こえました。

エッちゃんには何をいっているのかはわかりません。でも、ジンにはしっかりわかりました。

ジンは、エッちゃんにかいせつしました。

「マサトは、『ひげは、全部もちぬしにかえってたよ。』っていってる。」

「スミー、ほんとうによかった。ずっと、気になってたの。だって、あたしのせいで、ひげがなくなったんですもの。でも、ほっとした。これでゆっくりねむれるわ。」

「夜中にごめんなさいね。エッちゃん、グッドナイト! チュ!」

スミーが、電話口でキスをしました。

「スミー、グッドナイト! チュ!」

エッちゃんも、おかえしのキスをしました。

さて、エッちゃんは、今日《きょう》もたからばこの前でじゅもんをとなえます。このはこがあけば、心をもった人間になれるのでした。

「パパラカホッホ、ひげをつけてみて、少しだけ動物たちの気もちがわかったわ。強そうに見えるライオンが、じつは友だちがいなくてさびしがってた。決して、ひょうめんだけではんだんしちゃいけないわね。パパラカホッホ、パパラカホッホ。ネズミはネコを見ると、きらいじゃなくてもにげだしてしまう。これからは、行動でなく心をさっすることが大切ね。パパラカホッホ、ホッホ、ホッホ、ホッホ。ナマズは、電気をカミナリにあげていた。地球《ちきゅう》のいろんなところで、愛《あい》のプレゼントこうかんがされている。なんて、すばらしいのかしら……。きっと、この地球には、そうぞうをぜっする愛《あい》のこうかんが、他《ほか》にもあるにちがいない。そんな気がするの。ホホホノパッパ、ホホホノパッパ、パパラカホッホ。ドラキュラには、血《ち》をぬきとれないふうふがいたわ。いろんな性格《せいかく》をりかいして、行動しなくちゃ。パパラカホッホ。そして、ふかのうをかのうにする知恵《ちえ》をもっている仙人《せんにん》。人間をちょうえつするかみさまのような人だけど、仙人《せんにん》は、人間たちの中にかならずいると思うの。ホホホノパッパ、パパホノパッパ、ホホホノパッパ。だって、人間って、科学ではしょうめいできない力をもっているんだもの。パパラカホッホ。シロクジラのふうふの子を思う気もちは、海のそこみたいにふかかった。何の動物でも子を思う親の愛《あい》じょうははかりしれない。ホッホ、ホッホ、ホッホ。一ばんおどろいたのは、ピーコックグリーンの見えないひげ。オドロキ、ドキッ、キキキノホッホ。お母《かあ》さんには、うそを見やぶるセンサーがついていたなんて……。男の人たちは、知らない方がいい。いいえ、きっと知らないはずね。だって、見えないんだもの。見えないところに、真実《しんじつ》があるってことね。ホッホ、ホッホ、ホッホ、パパラカホッホホホホノパッパ、パパラカホッホ。あたしひげをつけてみて、考えさせられることが山ほどあった。これからもしゅぎょうをつんで、いつの日か、ほんものの人間になれますように……。ホホホノパッパ。」

エッちゃんは、たからばこの前で手をあわせました。

今日《きょう》もやっぱりあきません。たからばこのふたは、ぴったりしまったままです。

ここは、ふるさとのトンカラ山。魔女《まじょ》ママとパパは、ぐっすりねむっていました。とつぜん、大風がふきあれ、家のチャイムをならして二人《ふたり》をおこしました。

「おきゃくさまは風だったのね。おかげで、目がさめてしまったわ。」

「ああ、風が強いな。天気よほうでも見ようか。」

パパが、こんぺいとうテレビをつけました。画面には、エッちゃんが、たからばこの前でじゅもんをとなえているすがたがうつりました。

「ママ、エッちゃんが、ねんがんのプロ級テストの三つ目にごうかくしたよ。」

「とうとう、やったわね。エッちゃん、おめでとう。パパ、かんぱいしましょう!」

というと、魔女《まじょ》ママは台どころから『五つ星ワイン』をもってきました。

このワインは、うれしい時だけにいただく、とくべつなものでした。

「いいね。」

パパは、にこにこしていいました。

さて、プロ級テストの三つ目とは、こうでした。

> この世には、さまざまな動物が、いっしょうけんめい生きていることを知る。
> また、強弱にかんけいなく、命《いのち》はびょうどうにとうといことに気づく。

これは、一人前《いちにんまえ》の魔女《まじょ》になるためのテストでした。この上には、さいごのかんもんである、『人間と魔女《まじょ》・エトセトラスーパーテスト』が全部で十こうもくあります。しけんは、上にいけばいくほどむずかしくなります。これからもエッちゃんの前には、そうぞうもつかないしれんがまちうけているにちがいありません。

♠ エピローグ

五つのダルマが売れていったあと、あのお店はどうなったでしょう？　たなの上のダルマは、六つになり、七つになり、八つになり、とうとう十になりました。

おきあがるようになったら、お客さんが買っていくようになったのです。ご主人は大いそがし。朝からばんまで、いっしょうけんめいはたらきました。ひとりで型《かた》を作り、ひとりで和紙《わし》をはりあわせ、十分かわかしてから、ひとりで型《かた》をぬきとり、ひとりで色をぬり、ひとりで顔をかきました。

お店にはほかの人をやとうお金がなかったので、自分《じぶん》がはたらくしかなかったのです。でも、お客さんのえがおを見ると、つかれもふきとびました。

ご主人は、一日がおわると、

（あの時、店をたたまなくてよかった。今、このしごとをしていられるのは、あいつらのおかげ。ありがたいことだ。）

と、毎ばん手をあわせました。

ご主人は、いなくなった今も、決して五つのダルマのことをわすれたことはありませんでした。

あるばんのこと、五つのダルマがお店にあつまりました。ご主人のことが心ぱいになって、ようすをみにきたのです。

人間たちがねしずまった真夜中《まよなか》、ダルマたちはこっそりと家をぬけだしました。だれにも気づかれないよう、ころころころがってきました。

だっしゅつは、大せいこう！　五つのダルマは、久《ひさ》しぶりの再会《さいかい》をよろこびました。

もう十二時をまわっているというのに、しごとばの電気は、こうこうとついていました。つくりかけのダルマが、あちらこちらにころがっています。

ご主人はかた手にふでをもったまま、いびきをかいてねむっていました。ダルマのおじいさんが、

「つかれが、たまっているにちがいない。何もかも、たった一人《ひとり》でやっているんだからね。そうだ！　ダルマづくりを、みんなで手伝《てつだ》おうじゃないか。」

というと、ダルマのおばあさんが、すぐに、

「おじいさん、それはいい考えです！　これでようやくおんがえしができる。」

といって、さんせいしました。

「ぼくもやる。」

ダルマの子どもが、目をかがやかせていいました。

「できるかい？」

ダルマのお父《とう》さんが心ぱいそうにいうと、ダルマのお母《かあ》さんがにこにこして、

「みんなでぶんたんしてやりましょう。」

といいました。

　おじいさんは型《かた》を作り、おばあさんは和紙《わし》をはりあわせ、十分かわかしてから、子どもが型をぬきとり、お母《かあ》さんが色をぬり、お父《とう》さんが顔をかきました。

　五人で仕事をわけると、あっという間に、百このダルマができあがりました。

「そうだ！　ついでにおきあがる練習《れんしゅう》をさせよう。うんどうしんけいのいいダルマほど、人気が高いものじゃ。毎日、ふっきんを百回すれば、力もつく。」

ダルマのおじいさんがいいました。

　そのばん、百このダルマは、ふっきんを八十八回しました。なぜ、八十八回かって？

　それは、八十九回目には、いっせいにへとへとになって、うしろにころがってしまったからです。百このダルマは、そのまま、目をとじねむってしまいました。

　五つのダルマは、

「だらしないなあ。だけど、おこすのもかわいそうだ。」

というと、あきらめて帰りました。

次の朝、ご主人は、どんなにおどろいたことでしょう。つくりかけのダルマが、全部《ぜんぶ》しあがっていました。

それどころか、たなの上には、ならびきらないほどのダルマが、ぎゅうぎゅうづめにならんでいます。

（これは、いったいどうしたことだ！）

ご主人は、きつねにつままれたような気もちになりました。

百このダルマたちは、お店が開店する時間になっても、ぐっすりねむっていました。よっぽど、つかれていたのでしょう。

その時です。お店に入ってきた女の子が、とつぜん、

「どのダルマにも、目がないわ。」

と、黄色い声をあげました。

ダルマたちは、まぶたをとじてねむっているだけなのに、ないとかんちがいしてしまったのです。

その声におどろいて、お客さんがぞろぞろと入ってきました。さっきの女の子は、少し考えてから、

「わたし、自分《じぶん》で目玉をかこうかな。お母《かあ》さん、あのダルマ買って！」

と、ほおをピンク色にかがやかせていいました。

するとそれを聞いていたお客さんたちは口々《くちぐち》に、

「自分《じぶん》のかきたい顔ができあがるのもいいかもしれない。」

「そうだな、みな同じ顔をしているのも、何だかつまらない。」

「世界でひとつのダルマのできあがりだ！」

といって、買っていきました。

その日、目のないダルマは、とぶようにうれました。ご主人が気づいた時、たなの上にダルマはひとつもありませんでした。

その日から、ダルマには目がなくなりました。いつのころからか、買った時にかた目を入れ、ねがいがかなった時、もう一方の目を入れるというしゅうかんができました。


小さな人形屋さんは、しだいに、大きくなりました。たなの上に、五つしかなかったダルマが、今では、数えきれないほどならんでいます。

ところで、五つのダルマたちは、今でも、真夜中《まよなか》にあつまって、ダルマづくりを手伝《てつだ》っているのかって？　それは、わたしにもわかりません。

こころ　ぽかぽか

上田麻未

魔女のやかたには　ひみつがすんでる
愛とか勇気とか希望とか
でももっと大事なものは、
全部まとめて
『こころ』だね
魔女は　人間の心が好き
じゅんすいで　あたたかくて
冷めたこころはすいとるから…
だから人間は平和でいられる
幸せでいる
夢をみられる　風になれる
ありがとう…大切に…

心の泉

増田美佳子

泉
言葉でいうのは　かんたんだ
心の泉
かれて、またわいてくる
心の泉がかれてくる
魔女の魔法で泉がわく
みんなの心に泉がわく
泉はいろんな感情を持っている
悲しさ、さびしさ、楽しさ、うれしさ…
まだまだたくさんあるけど
やっぱり大切なのはみんな
魔法で心が美しくなる
泉があふれてできて
魔女は魔法で心の泉を満たしてくれる
とっても大切な存在…

みんなの魔女

藤田　愛

1.
エッちゃんは魔女　一味ちがう魔女
先生左手に　右手に魔女
二つもっているエッちゃんだ！
晴れた空でも　元気いっぱい
雨の日でも　元気さくれつ
とっても明るい魔女なんだ!!

2.
人生楽ありゃ　苦もあるさ
じんはエッちゃんにつきまとわれて
ほう木は飛ぶ日をまつばかり
生徒はおっちょこちょいぶりに
あきれ顔
そうさおっちょこちょいな魔女なんです

3.
そんな事はさておいて
いがいに魔女は泣き虫なんだ
がんばってる人いりゃ　なみだがポロリ
熱い友情みりゃあ　ハンカチ2枚
（そしてなみだのナイアガラ）
そうさ泣き虫魔女なんです
いーや　なみだもろい魔女なんです
そうさみんなの魔女なんです

あとがき

ここ数年間で、魔女の本がシリーズ化された。これが、当初からの計画なら随分格好のいい話である。しかし、決してそうではない。始めは、一冊だけのつもりだった。ところが、どうしたことか、話が決着せずにだらだらと続き、ふと気づくと、十冊になっていた。何とも情けない話である。

「なんて、計画性がないんだろう。」

ため息まじりで、自分の性格をうらむ。元来、わたしは計画することが苦手なのだ。というと、これを読んでいるみなさんは、

「たかが二、三年先、十年先じゃないのよ。それくらい見通せるでしょ。」

と、いうにちがいない。

しかし、いくら近くても未来は未来。現実に、やってこない何かを予測して、今、成すべきことは何なのか沈着冷静に考え、実行することなどできない。

未来は雲のようなもの。遥か彼方にぽっかり浮かんでいる。目をほそめても、いくら性能のいい望遠鏡でも、見ることはできない。それならば、いっそうのこと、掴んでしまおうと、近づいても無駄なこと。悲しいかな、指の間からすりぬけてしまう。手の平には、未来のかけらもない。何という歯痒さだろう！

だから、わたしは、目の前のものに全神経を集中する。だって、それしかできないではないか。そのため、睡眠時間が減ったり、お正月の行事をゆっくり祝えないという事態が生じてくる。こんなわたしを、主人は、

「まるでイノシシだね。ひとつのことに熱中すると、周りのものが見えなくなる。」

と、あきれ顔でいう。

全く言われる通り。返す言葉が見つからない。一緒に生活している人にとっては、いい迷惑である。おそらく、逆の立場だったら、

「あなたは、なんて自分勝手なの。もう少し大人になって！　こんなあなたとは、もう生活できない。」

といって、家を飛び出して行くだろう。夫婦の危機である。

しかし、こんな事態にならない。夫は、よっぽど人がいいのか、それとも、長年連れ添ってきた相方の性格を十分知り尽くし、もはや言ったところでどうにもならないと諦めているのかもしれない。夫の心中を察すると胸が痛む。とはいうものの、わたしの性格は、いっこうに改善される様子がない。やがて、熱中していたことが終わると、

（何か、おもしろそうなものはないかしら…。）

と、興味のわくものを探す。

いつも、何かに熱中していないと落ち着かないのだ。今回は、興味が魔女の童話にあったので、ここまで続いたというわけである。途中で、興味がとぎれていたら、三冊で終わっていたかもしれない。いかに無計画に生きているかの証明である。

わたしは、苦痛なことはやらないことにしている。いやなこと、無理なことは、いつまでも悩まないで、はっきりと断わる。これは、世間体を気にしないということ。つまり、人がどう思うかを行動基準のバロメーターにするのはやめようということだ。世間に縛られて、自分のやりたいことができない人生ほどつまらないものはない。取り違えられると困るのだが、何かやらねばならないことがあって、めんどうだからやらないということではない。

常々、自分の本心が喜ぶことをしたいと思っている。興味のない童話をいやいや書いたところで、だれが喜んでくれるだろう。ページをめくった子どもたちは、

「ああ、つまらない。」

といって、すぐに、本を投げだすにちがいない。いくら隠そうとしても、悲しいかな、作品には本心がのぞいてしまう。子どもたちは、嘘を見破る天才である。

それればかりではない。心浮かないものに、多くの時間とお金が費やされる。これじゃまるで、無駄のバーゲンセール。お金は稼ぐことはできるが、失った時間は、永久に戻ってこないのだ。その間に、一番大切な心が曇り、魂の輝きまで失ってしまうことになる。

しかし、時として、心浮かないものをやらなければならない場合が生じてくる。そんな時は考え方を少しだけ変えて、楽しめるように工夫する。いやいややるなんて、我慢できない。だって、一生の時間は限られているんだもの。楽しくやった方が得でしょう。楽しみながらやると、嫌いだったことが好きになるといったおまけがつくこともある。

さて、この三年間、わたしは魔女の童話を楽しみながら書いてきた。うきうき気分で、ワープロのキーをたたいていた。そりゃあ、この場面はどうしようとか、どんなエンディングにしようかと悩むことはあった。でも、それは産みの苦しみ。苦痛に感じられるどころか、反対に心地よい苦しみだった。なにしろ、書き上げた後は苦しんだ分だけ、喜びに変わっていたのだ。

ふと気づくと、魔女シリーズも十冊完了。一応の完結をみせた。
(何か、おもしろそうなものはないかしら…。)
わたしは、目をきょろきょろさせ次の材料を探している。

この本に登場する、ときちゃんとちほちゃんは実在する。神戸市に住む小学三年生と五年生の仲の良い姉妹だ。魔女の本が出る度に、読んだ感想を送ってくれる。先日、親戚のおじさまがパンを焼いているとのことで、ダンボール箱いっぱいにパンを送ってくださった。その味が忘れられず、お話にしてしまった。載せた詩も本人のもの。しかし、おじさまは、目をつりあげて怒りだすかもしれない。パン屋のご主人を、勝手にドラキュラにしたててしまったのだ。あらためて、ここで、お詫びしたい。
「りゅうちゃん、ごめんなさい。あなたの焼くパンがあまりにおいしかったので、人間業とは思えなかったのです。どうか、お許しください。」

こんなふうに、創作の材料は、日常生活から生まれる。そして、登場人物は、たいてい、モデルとなる人が身近にいる。今回の場合を例にすると、ひげセットをもってきた魔女のスミーは妹、あいぼうのネコのマサトはご主人がモデルになっている。その方が書きやすいのだ。しかし、勝手にモデルにされている方はたまらない。迷惑千万な話だ。そうだ！　今日は、周りにいる皆様にあやまっちゃおう。

「勝手にモデルにしてごめんなさい。あなたが、あんまり魅力的なので、ついつい書いてしまったのです。個性豊かなあなたのおかげでドラマが生まれ、夢いっぱいのストーリーが展開されました。」

二十世紀最後のクリスマスには、御殿場市に住む小魔女からノートが届いた。ページをめくると、手作りの童話がイラストを交え、楽しくかかれていた。小魔女の名前は、まり子ちゃん。本が好きな小学五年生の女の子だ。読んでいるうちに、書くようになったという。章だてがしっかりした、心温まるお話だった。とても小学生の書いたものとは思えなかった。

世の中には、こんなすてきな出会いがある。だから、私は書くことがやめられない。

梼立悦子（はしだてえつこ）

本名　横山悦子
1961年、新潟に生まれる。
1982年、千葉県立教員養成所卒業後小学校教諭になる。
関宿町立木間ケ瀬小学校、野田市立中央小学校で教鞭をとり、現在、野田市立福田第一小学校勤務。
第68回、第70回、第72回コスモス文学新人賞（児童小説部門）受賞
第71回、第74回、第76回コスモス文学新人賞（児童小説部門）入選
第19回コスモス文学賞（平成11年度賞）奨励賞受賞
第20回コスモス文学賞（平成12年度賞）文学賞受賞
〈現住所〉　〒270-1176 千葉県我孫子市柴崎台3-7-30-A-102
〈著　書〉

子どもの詩心をはぐくむ本
『こころのめ』『ピーチクパーチク 天までとどけ』『チチンプイプイ』『とことんじまんで自己紹介』『すっぽんぽんのプレゼント』『強さなんかいらない』『シジミガイのゆめ』『おともだちみつけた』『どれくらいすき?』『まゆげのびようたいそう』『かたちが わたしのおかあさん』『たいやき焼けた？　詩は焼けた？』

鈴の音童話・魔女シリーズ
『魔女がいちばんほしいもの』『魔女にきた星文字のてがみ』『魔女にきた海からのてがみ』『大魔女がとばしたシャボン玉星』『どうぶつまき手まき魔女』『どうぶつ星へ魔女の旅』『コンピューター魔女の発明品』『ドレミファソラシ姉妹のくせたいじ』『からすのひな座へ魔女がとぶ』『ドラキュラのひげをつけた魔女』『地球の８本足を旅した魔女』『やまんばと魔女のたいけつ』『魔女とふしぎなサックス』

すずのねえほん・魔女えほん
『魔女えほん①巻』『魔女えほん②巻』『魔女えほん③巻』『魔女えほん④巻』『魔女えほん⑤巻』『魔女えほん⑥巻』『魔女えほん⑦巻』『魔女えほん⑧巻』『魔女えほん⑨巻』『魔女えほん⑩巻』

すずのねえほん・ぼくはココロ
『ぼくはココロ①けんかしちゃった！』『ぼくはココロ②こころがみえない？』『ぼくはココロ③ぼくはわるくない！』『ぼくはココロ④いちばんのたからものって？』『ぼくはココロ⑤じゆうなこころで！』

NDC913
梼立悦子　作
東京　銀の鈴社
170P 21cm（ドラキュラのひげをつけた魔女）

定価＝一二〇〇円＋税

鈴の音童話
ドラキュラのひげをつけた魔女《まじょ》
魔女シリーズNo.10

二〇〇一年五月二〇日（初版）
二〇〇五年七月二〇日（2刷）
著　者――梼立悦子 作・絵©
企　画――㈱教育出版センター
発行者――西野真由美・望月映子
発　行――㈱銀の鈴社　http://www.ginsuzu.com
〒104-0031 東京都中央区銀座一-五-一三-四F
電話　03（5524）5606
FAX03（5524）5607

ISBN4-87786-712-0 C8093

印刷・電算印刷　製本・渋谷文泉閣

魔《ま》女《じょ》シリーズ　1巻〜13巻

A５判　小学校中学年〜
各1,200円（税別）
鈴《すず》の音《ね》童話《どうわ》●橋立悦子《はしだてえつこ》 作・絵

もう、読んだ？
ズッコケ魔女の大冒険！

魔《ま》女《じょ》がいちばんほしいもの　魔女シリーズ１

橋立悦子《はしだてえつこ》／作・絵　日本子どもの本研究会選定
第68回コスモス文学新人賞（児童小説部門）受賞　A5 212頁　本体価格1,200円

あわてんぼうの小魔女のエッチゃんが、なんと学校の先生に！相棒の白ネコのジンと大好きな子どもたちに囲まれて…。さて、エッチゃんは立派な魔女になれるかナ？

◆もくじ◆①死なないくすりができた！②パパは魔女になれるのか？③ジンがフラリとやってきた④魔女のおちこぼれ⑤スイカのたねがホタルにへんしん⑥かきの木のさくせん⑦ジンが先生になる　はじめての空のたび⑧三どめのしょうじき⑨ジンのるすばん⑩トンカラ山のカーニバル／ほか

JLA　NDC K911
ISBN4-87786-703-1 C8093／'98.8

魔《ま》女《じょ》にきた星文字《ほしもじ》のてがみ　魔女シリーズ２

橋立悦子《はしだてえつこ》／作・絵
第70回コスモス文学新人賞（児童小説部門）受賞　A5 212頁　本体価格1,200円

夜空にまたたくサソリザや天の川。その星たちから、魔女先生に星文字のてがみがきました。魔女のエッチゃんは、相棒の白ネコのジンと一緒に、さっそく宇宙へと旅立ちます！

◆もくじ◆①一たすーはしあわせ②ゴキブリが出た！③とつぜんの夏休み④生きたぼうしはいかが？⑤えっ、イカのクリーニングやさん？⑥50年ぶりのデート⑦気にかかっていること⑧サソリザの家に行く⑨ほうきがない！⑩空の上のけっこんしき⑪ガンマはかせのはっ見／ほか

JLA　NDC K911
ISBN4-87786-704-X C8093／'99.7

魔《ま》女《じょ》にきた海《うみ》からのてがみ　魔女シリーズ３

橋立悦子《はしだてえつこ》／作・絵
第71回コスモス文学新人賞（児童小説部門）入選　A5 216頁　本体価格1,200円

海のけいさつかん、タツノオトシゴから、魔女のエッチゃんにてがみがきた。海一番の大きなたまごをさがしに、ひとりと１ぴきの大ぼうけんがはじまります。

◆もくじ◆①まずは、テスト②はるのあらし③ただそこにいるだけでいい④どこもはる、はる、はる⑤魔女先生のふたごのいもうと⑥じゅん君のゆめ⑦むちゅうしてるとみじかい⑧黒いまきもの⑨グーパーチョコレート⑩小さくなった！⑪ぼうけんのはじまり／ほか

JLA　NDC K911
ISBN4-87786-705-8 C8093／'99.8

大魔《おおま》女《じょ》がとばしたシャボン玉星《だまぼし》　魔女シリーズ４

橋立悦子《はしだてえつこ》／作・絵
第72回コスモス文学新人賞（児童小説部門）受賞　A5 216頁　本体価格1,200円

むかーしむかしの、そのまたむかし。エッチゃんのご先祖さま、大魔女のお話です。大魔女がとばしたシャボン玉は、宇宙までとんで10個の星になりました……。

◆もくじ◆①男のやくそく②大魔女のにっき③いずみ星へいく④バナナ星へいく⑤リンゴ星へいく⑥わかば星へいく⑦ゆき星へいく⑧かみ星へいく⑨ミカン星へいく⑩スミレ星へいく⑪あまぐも星へいく⑫だいち星へいく⑬しょうへい君のならいごと⑭ともこさんからのてがみ／ほか

JLA　NDC K911
ISBN4-87786-706-6 C8093／'99.12

どうぶつまき 手《て》まき魔《ま》女《じょ》　魔女シリーズ５

橋立悦子《はしだてえつこ》／作・絵
第19回コスモス文学奨励賞受賞　A5 228頁　本体価格1,200円

魔女のエッチゃんがおしいれでみつけた、ルビー色に光る古ぼけた時計は、過去へとすすめる不思議な時計でした。

◆もくじ◆①今日は日よう日②しょうへい君のおかいもの③まいちゃんのプレゼント④そのままがかわいい⑤おしいれのぼうけん⑥けちけち魔女は発明家⑦コンピューター魔女⑧手まきまきまき魔女⑨どうぶつまきって、どんなあじ？⑩けっぺき魔女とシャワー⑪ぶどうすきすき魔女／ほか

JLA　NDC K911
ISBN4-87786-707-4　C8093／2000.3

どうぶつ星《ぼし》へ魔《ま》女《じょ》の旅《たび》　魔女シリーズ６

橋立悦子《はしだてえつこ》／作・絵
第74回コスモス文学新人賞入選　A5 208頁　本体価格1,200円

大魔女がつくったシャボン玉星は、十本あしのカメの星やしっぽのないリスの星。
さあ、ふしぎなどうぶつ星へレッツ・ゴー！

◆もくじ◆①シューベルトもたじたじ②金ちゃんの頭なでなで③お父さんへのプレゼント④ドアのどまん中にあな⑤一まいの紙っぺら⑥カメ星へ行く⑦カメは、なぜのろいのか？⑧野ウサギ星へ行く⑨めんどり星へ行く⑩トナカイ星へ行く⑪トラ星へ行く／ほか

JLA　NDC K911
ISBN4-87786-708-2 C8093／2000.6

コンピューター魔《ま》女《じょ》の発明品《はつめいひん》　魔女シリーズ７

橋立悦子《はしだてえつこ》／作・絵
A5 208頁　本体価格1,200円　第75回コスモス文学賞入選

コンピューター魔女のおみやげは、サファイア色のヘッドホン。
あおい海と波のような音楽は、なんと世紀の大発明！

◆もくじ◆①こんぺいとうテレビ②お母さんが二人いる！③お母さんの大へんしん④カレーライスは食べられるのか？⑤コンピューター魔女のビッグニュース⑥エッチゃんがきえた！⑦とうめいになるには？⑧学校はどうするの？⑨エッチゃん春風になる⑩ジンはとうめいになれるのか？／ほか

JLA　NDC K911
ISBN4-87786-709-0 C8093／2000.11

ドレミファソラシ姉妹《しまい》のくせたいじ　魔女シリーズ８

橋立悦子《はしだてえつこ》／作・絵
A5　本体価格1,200円　第76回コスモス文学賞新人賞

れいぎ知らずにみえっぱり。どろぼうぐせにちらかしや。
なくてナナクセのこまったクセをたいじする、そんな魔法があるのかな……？

◆もくじ◆①魔女のお話は続きます②カケルがあらわる③リンゴが二つになった！④リンゴのようせいの正体は？⑤コケルがもってきたもの⑥リンゴ鳥の正体は？⑦リンゴから七姉妹をだすには？⑧サミーがひみつを明かす⑨とうとうたびのはじまり⑩くせたいじ山にとうちゃく！／ほか

JLA　NDC K911
ISBN4-87786-710-4 C8093／2001.2

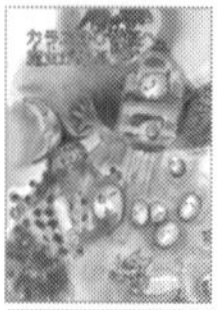

カラスのひな座へ魔《ま》女《じょ》がとぶ　魔女シリーズ９

橋立悦子《はしだてえつこ》／作・絵
A5　本体価格1,200円　第20回コスモス文学賞受賞

エッチゃんの家のハト時計。
時を告げてくれるハトが、ある日突然カラスに変身？
エッチゃんとジンの大冒険に、天使のたまちゃんも仲間入り。

◆もくじ◆①魔女先生の正体は？②ひみつの小ビン③カラスのたまごがふえていく！④たまごをとり出す⑤ゲツカースイモクキンドーニチ？⑥「カラスのひな座」のかがやき⑦ぼうけんのはじまり⑧母さんからの手紙⑨かみさまの計画⑩ムーンとゆめ星⑪火事がとまらない！／ほか

JLA　NDC K911
ISBN4-87786-711-2　C8093／2001.3

ドラキュラのひげをつけた魔《ま》女《じょ》　魔女シリーズ10

橋立悦子《はしだてえつこ》／作・絵
A5　本体価格1,200円

魔女のスミーの発明品は魔法パワーのひげ7こ。こんどはひげをつけたエッチゃんとジンの大冒険。はじまり、はじまりー。

◆もくじ◆①チャームポイントはげじげじまゆ②とめさんとみかん③りよ　気もちわるいの④ナマズ魔女がきた！⑤Cの正体ってなあに？⑥Hの正体ってなあに？⑦Mの正体ってなあに？⑧Dの正体ってなあに？⑨Lの正体ってなあに？⑩Wの正体ってなあに？／ほか

JLA　NDC K911
ISBN4-87786-712-0　C8093／2001.4

地球《ちきゅう》の8本足《たび》を旅《たび》した魔《ま》女《じょ》　魔女シリーズ11

橋立悦子《はしだてえつこ》／作・絵
A5　本体価格1,200円

地球には足が8本もあったって。いつもはこっそり隠している8本の足。それをひっぱりだすオマジナイって？　エッチゃんとジンの大冒険。地球の足の探検です。

◈もくじ◈①魔女先生はほんものの魔女？②あしが八本なあに？③ハルがやってきた！④かすかなきぼう⑤サクランボのたね⑥さんかく森のパラソル城⑦びっくりタウンのガヤとシン⑧イコールばしをわたれるか？⑨ブラックカントリーのしかくいいずみ⑩リズムにあわせてありがとう／ほか

JLA　NDC 913
ISBN4-87786-715-5 C8093／2001.10

やまんばと魔《ま》女《じょ》のたいけつ　魔女シリーズ12

橋立悦子《はしだてえつこ》／作・絵
A5　本体価格1,200円

人間界での修行10年のお祝い旅行は、ユリの精からのプレゼント。カッパの運転の雨だれ電車で、とうとうやまんばと対決だァ！

◈もくじ◈①本当にいる②お兄ちゃんがないた？③イヨのたびだち④リラックスあらわる！⑤カッパのカメレオン⑥あまだれ電車が空をとぶ⑦三つ目こぞうの星⑧アーリーのプレゼント⑨ろくろっ首の星⑪やまんばの星⑫のっぺらぼうの星⑬雪女の星／ほか

JLA　NDC 913
ISBN4-87786-732-5 C8093／2003.4

魔《ま》女《じょ》とふしぎなサックス　魔女シリーズ13

橋立悦子《はしだてえつこ》／作・絵
A5　本体価格1,200円

小さなからだのテツロウは、世にもふしぎなサックス奏者。次々うみだすメロディーで、脳にトンネルつくります。

◈もくじ◈①魔女を信じない人あつまれ！②ともこさんからの手紙③生きるっていうこと④真夜中のお客さま⑤ミッチーはかんづめ魔女⑥かんづめの中には？⑦テツロウはかみさまの子⑧心のマッサージやさん⑨たっくんの言葉⑩テツロウが学校へ／ほか

JLA　NDC 911
ISBN4-87786-733-3 C8093／2004.11